「……俺の名前を呼んで」

「……ああ……孝明……っ！」

彼の顔が下りて、ツンと尖ったオレの乳首の先
愛おしげなキスをする。

「……あああっ！」

甘く危険な恋の香り

甘く危険な恋の香り

水上ルイ

13856

角川ルビー文庫

甘く危険な恋の香り　第一話……5
甘く危険な恋の香り　第二話……143
あとがき……262

口絵・本文イラスト／藤井咲耶

甘く危険な恋の香り

第一話

西園孝明《にしぞのたかあき》

どうしても忘れられない香《かお》りがある。

数千種類の香りを記憶《きおく》した俺ですら、こんな香りは初めてだ、と思った。

それは、えもいわれぬ麗《うるわ》しい香り。

それは鼻孔《びこう》を抜《ぬ》け、俺の脳に届いて男としての本能を揺《ゆ》らし、そして……心のすべてまでも奪《うば》ってしまった。

例えば恋《こい》に香りがあるのなら、それは俺にとって初めて感じる、甘く危険な恋の香りだったのだ。

香川亮介《かがわりょうすけ》

天窓から降り注ぐ、静かな月の光。
後ろからしっかりとオレを抱《だ》きしめる、彼の逞《たくま》しい腕《うで》。
耳元に響《ひび》く、安らかな彼の寝息《ねいき》。
彼のコロンの香りが、キングサイズのベッドの上にふんわりと漂《ただよ》っている。
この香りを感じるだけで、こんなに鼓動《こどう》が速くなる。
……ああ、もう勘弁《かんべん》して！
……なんで、こんなにいい香りなんだよ？
この香りを感じるだけで陶然《とうぜん》として、目の前が霞《かす》んでしまう気がする。
まるで恋する乙女《おとめ》みたいに、頬《ほお》も心も熱くなってしまう。
……だけど、オレは、多少身長と筋肉が足りないにせよ、立派な男だし！
……男の腕なんかふりほどかなきゃ！
なのに、彼の香りに包まれているだけで、身体《からだ》が甘く痺《しび》れて言うことをきかない。
それどころか、壊《こわ》れそうに鼓動が速い。
……どうしてこんなことになっちゃったんだよおっ？

彼と出会ったのは、ほんの二日前。

オレの心を満たすこの甘くて危険な感情は……彼を知った瞬間《しゅんかん》から始まったんだ。

＊

「はぁ〜、やっと人心地《ひとごこち》ついた〜」

オレは、青山《あおやま》の裏通りにある、小さなカフェにいた。

目立たない立地のせいか人が少なくて、しかも眼下に大きな樹《き》の茂《しげ》る気持ちのいい公園を見下ろすことができる。

オレは、まだ肺の中に溜《た》まってる気がする香水《こうすい》の香りを吐《は》き出そうと深く息を吐く。

「いくら香水ったって、あんなに嗅《か》いだらオカシクなっちゃうよなぁ〜」

ため息をつき、目の前のオレンジジュースにとりかかる。

オレは、香川亮介。二十四歳。

日本人なら知らない者のない、大手化粧品《けしょうひん》会社、株式会社鳳生堂《ほうせいどう》の第二企画室《きかくしつ》に勤めるサラリーマンだ。

鳳生堂は江戸《えど》時代から続く老舗《しにせ》。今は化粧品だけじゃなくて、業界人に人気のリッチなファッション番組や、世界的なスタッフやモデルを起用した豪華《ごうか》なコマーシャルを作ったりしてる。

化粧品の売り上げはもちろんのこと、イメージ的にも時代の最先端《さいせんたん》をいく企業といっていい。

大学生の就職希望アンケートでは常に上位にランキングされてるし、オレだって、この会社に採用が決定した時には夢心地だった。

しかも、オレが最初に配属されたのは、社内でも一番の花形の部署、第一企画室で。

オレはこのままお洒落《しゃれ》な会社でエリートとして頑張《がんば》るぞ、と張り切っていて。

しかし、ある事件があって、オレは第二企画室に異動になってしまった。

……あ～あ。なんでこんなことになっちゃったのかなぁ……？

オレはストローをくわえたままで、深い深いため息をつき……。

ブゴゴゴゴ！

オレのため息はストローを通って紙コップの中のオレンジジュースを泡立《あわだ》て、まだいっぱい残っていたジュースが、コップのふちから盛大《せいだい》に溢《あふ》れた。

「うげっ！」

オレはスーツを汚《よご》さないように慌《あわ》ててイスごと後ずさる。でも、両手とテーブルの上はすでにオレンジジュースでびしょびしょ。

さびれたカフェの、氷ばっかりたくさん入ったオレンジジュースは、もうほとんど空になってるし。

オレは紙ナプキンを取ってテーブルを一応拭《ふ》く。だけど、指はまだベタベタで、洗わないと気持ち悪い。オレは洗面所に行こう、と立ち上がりながら、またため息。

「幸先《さきゆき》悪いかも～。頑張って、社長と第一企画室の室長を驚《おどろ》かせるような、すごい香水を企画しなきゃならないのに……」

そう、オレはそのために朝からデパートを巡《めぐ》り、香水のイメージを固めるためにありったけの香水を嗅ぎまくった。

だけど、もうめぼしいデパートや香水専門店は回り尽《つ》くした。レストランじゃあるまいし、ただでさえ日本には少ない香水専門店に隠《かく》れた名店なんてあるわけがなく……。

オレの目に、公園の向こうにある看板の文字の一部が飛び込んできた。

……『Parfums』？

黒鉄《くろてつ》を打って作った渋《しぶ》い看板には、小さな洒落たフォントで確かにそう書いてある。

……フランス語で……香水？

女性向け雑誌の『あなただけの香水』特集にだって、こんな店は載《の》ってなかった。

……隠れた名店ってやつ……発見？

オレは、鞄《かばん》と伝票を小脇《こわき》に挟《はさ》んで洗面所に走り、慌ただしく手を洗ってから、レジに向かった。おつりを受け取るのもそこそこにカフェを飛び出し、公園の木々の間を走り抜ける。公園の向こうには、イタリアの裏通りみたいなでこぼこした石畳《いしだたみ》の道。アセッて転びそうになりながらそこを横切り、オレはその店を見上げる。

黒鉄を打って作られた洒落た看板には、『Galerie de Parfums』。続くのは、『NISHIZONO』の文字。

……ニシゾノ香水ギャラリー……かな？

新人研修で見せられた、老舗化粧品店に関するビデオに映っていた店を思い出す。

それは、パリのモンティーニュ大通りにある、貴族や王族御用達《ごようたし》の老舗の香水店。たしか名前は『Parfums Gagnaire』。

半分眠《ねむ》りながら見ていた長いビデオの中で、オレはその店のことだけはよく憶《おぼ》えてる。だって、あんまり綺麗《きれい》な店だったから。

……あの店に、なんだか似てる。

オレは、なんだかドキドキしてしまいながら、その店を見上げる。

……こんなに綺麗な店が、東京にあったなんて。

それは、いい感じに古びた石を積み上げて造った、重厚《じゅうこう》な建物だった。

エントランス脇の柱やドアの周りに、精緻《せいち》な彫刻《ちょうこく》が施《ほどこ》されている。

上の辺がアーチを描《えが》いた、黒鉄で作られた大きなドア。

その真ん中には、凝《こ》った飾《かざ》りが施された金属の枠《わく》。

そこにはまっているのは、手吹《てふ》きみたいにちょっと歪《ゆが》んだ、趣《おもむき》のあるガラス。

顔を近づけて店内を見ると、中はものすごく天井《てんじょう》が高い。彫刻を施された柱と相まって、まるで美しい教会の内部みたい。

ドアの正面には、重厚な木のカウンター、その後ろには天井まで届く大きな棚《たな》。まるでお酒か何かが入っていそうな美しい瓶《びん》が、その棚にびっしり並んでいる。

……うん、やっぱり香水屋だ……。

……また香水の匂《にお》いを嗅ぎまくると思うと、ちょっとウエッとなるけど……、肺の底に残ってる、前の香水の余韻《よいん》を吐き出すようにして、大きく息を吐く。

……第二企画室の存続のためだ！　頑張らなきゃ！

気合いを入れてから、オレは金属製のドアのノブに手をかける。

まるでお客が入るのを拒《こば》むかのようにめちゃくちゃ重いそれを、力を入れてゆっくりと押し開ける。

ふわ、とオレの周りを包んだのは、ひんやりとした、深い森の中にでもいるかのような澄《す》んだ空気。肺の中までが清浄《せいじょう》になるようなその空気は、なんだかすごく心地いい。

……なんなんだろう、この店？　なんだか空気が違《ちが》う。

不思議に思うと同時に、オレの心の奥に不思議な緊張《きんちょう》が湧《わ》き上がる。

……なんだ？　もしかして、これが、超《ちょう》一流の店独得の雰囲気《ふんいき》、ってやつ？

オレはちょっと緊張しながら、店内に身体を滑《すべ》り込ませる。肩《かた》に体重をかけるようにして、そのドアを閉める。

……こんな重いドアじゃ、女の子だったら入るのだけで一苦労だ。

……ていうか一見《いちげん》さんお断りって感じ？

オレは思いながら、ため息をつく。

……でも、こんな店ならすごい掘《ほ》り出《だ》し物《もの》の香水が見つかるかもしれないし！

オレは緊張を振《ふ》り払《はら》おうとして、勢いよく店内を振り返り……。

カウンターの脇、調香室《ちょうこうしつ》らしきドアの前に一人の背の高い男が立っていた。

ドーム型の天井に切られた天窓から、一筋の光が店内に射《さ》し込んでいる。その光は、その男を真《ま》っ直《す》ぐに照らしていた。

……あ……。

オレは、思わず彼に見とれてしまいながら思う。

……なんて美しい男なんだろう……？

光を反射して煌《きら》めくのは、まるでヨーロッパの血が混ざっていそうな、色素の薄《うす》い髪《かみ》。

がっしりとした肩を包むのは、ラフな感じの白い綿シャツ。

仕立ての良さそうな黒のパンツが、引き締《し》まった腰《こし》と長い脚《あし》を持つ、彼のモデルみたいなスタイルを強調している。

きりりとした、男らしい眉《まゆ》。

すっと通った、上品な感じの鼻梁《びりょう》。

ちょっと冷淡《れいたん》そうな、でもものすごく形のいい、薄めの唇《くちびる》。

そして……まるで最高級のモルト・ウイスキーのように深い色の、琥珀色《こはくいろ》の瞳《ひとみ》。

オレの心臓が、ドクンと一つ高鳴った。

「……あの、あの、お邪魔《じゃま》してます」

オレは思わず言ってしまい、それから自分の言葉のマヌケさ加減に動揺《どうよう》する。

「あ、いや、その……」

彼はその彫刻みたいに端整《たんせい》な顔に、どこかいぶかしげに見える表情を浮《う》かべる。

……う、やっぱり一見さんお断り？

……だけど、ビビッてる場合じゃない！

オレはアセりながらも一歩踏《ふ》み出し……、
革靴《かわぐつ》が、入り口からすぐの段差に引っかかり、オレはバランスを崩《くず》して、そのまま前につんのめりそうになる。

……モロにおデコをぶつけるっ！

思いながら痛みを覚悟《かくご》したオレの耳に、走ってくる靴音が聞こえた。

オレの身体《からだ》が、なぜかふわりと何かに受け止められる。

頰《ほお》が押しつけられているのは、上等そうな肌触《はだざわ》りのいい布地。両肩には、誰《だれ》かの両手の体温みたいなふわりとしたあたたかさ。

倒《たお》れそうになったオレはどうやら、さっき見た男に抱《だ》き止められたみたいで。

……謝らなきゃ……！

身じろぎした拍子《ひょうし》、ふわりと鼻孔《びこう》に届いたのは、嗅《か》いだこともないような芳《かんば》しい香《かお》り。

「……あ……」


ベースになっているのは、ジンみたいにクールで高貴な針葉樹。

それに混ざるのは、手のひらで潰《つぶ》して絞《しぼ》ったような野性的なレモン。

そこに苦みを加えるベルガモット。

そしてごく控《ひか》えめに残る、獰猛《どうもう》なムスク。

オレが解《わか》るのはそのくらいだったけど、それはもっと複雑で、そして絶妙《ぜつみょう》なバランスを持った、とんでもなくいい香りだった。

抑制《よくせい》の利《き》いたその香りに相応《ふさわ》しいのは、高貴でストイックで紳士《しんし》的な、大人の男。

だけど残《のこ》り香《が》に含《ふく》まれる野性的な香りが、彼がその心の奥深い場所に獰猛で危険な獣《けもの》を飼っていることを想像させる。

その香りにオレは陶然《とうぜん》とし、同時に、軽い怯《おび》えに似た未知の感情も覚える。

それは、心の弦《げん》を強引《ごういん》な指でかき鳴らされるような、長いこと心の奥にしまい込んでいた不思議な熱い物が、大きな手で無理やりに引き出されてしまうような……。

「……あ……」

オレの身体に、甘い、甘い、電流みたいなものが走った。

その香りはオレの鼻孔を通って、脳髄《のうずい》を甘く痺《しび》れさせる。

……ああ、これって何……？

全身に、蕩《とろ》けそうな熱い電流が走る。

オレの膝《ひざ》から、いきなりふわりと力が抜《ぬ》けてしまう。

……ああ……。

オレは支えてくれていた彼の手をすり抜け、冷たい大理石の床《ゆか》の上に座り込む。

鼓動《こどう》が、速い。頬が、熱い。

オレの鼻孔に届いたのは、どう考えても男性用のコロン。

そしてオレを見下ろしているこの美形は、どう見ても男。

……なのに、どうしてこんな……。

……これって……いったい……？

オレは、呆然《ぼうぜん》と彼を見上げたまま、思う。

……オレ、なんで男物のコロンにこんなにドキドキしてるんだ？

「敏感《びんかん》なんだな。俺の視線だけでそんなに感じて座り込んでしまうなんて」

彼の形のいい唇から流れ出たのは、横隔膜《おうかくまく》に直接響《ひび》いてくるような低い美声。

すごい美声には違《ちが》いないけど、その口調は皮肉で、どこか人を小馬鹿《こばか》にしたような響きがあって。

　オレは真っ赤になりながら、相手を睨《にら》み上げる。

「違うっ！　オレが感じたのはあんたの視線にじゃないっ！　あんたのコロンにだ！」

　思わず言ってしまってから、オレはカアッと赤くなる。

　……うわ、自分から言っちゃった！

　彼は一瞬《いっしゅん》目を丸くし、それから、

「なるほどね。だが、いずれにせよ、感じてしまったわけだ」

　可笑《おか》しそうに言われて、オレはさらに真っ赤になる。

「ちが……そうじゃなくて……あうう……」

「立て。石の床に座っていたら冷える」

　彼は身を屈《かが》めてオレの手をすくい上げ、そのままそっと引いて、ふわりとオレを立ち上がらせてくれる。

「入り口の段差には、気を付けろ。どうやらただでさえそそっかしいようだからな」

　乱暴な口調とイジワルな態度に似合わず、彼の仕草はまるで美しいお姫様《ひめさま》を前にでもしているかのように、紳士的で丁寧《ていねい》だった。

　オレの鼓動が、なぜかさらに速くなる。

「いくら感じてしまったとはいえ、そんな色っぽい顔で目を潤《うる》ませるな。今すぐに抱き上げてベッドに運んでしまいたくなる」

「うっ！」

オレは呻《うめ》き、感じたのを白状してしまったことを心から後悔《こうかい》する。

「目なんか潤んでないぞっ！　色っぽいとか言うな！　オレは男だしっ！」

……オレには、新しいコロンを企画《きかく》するという崇高《すうこう》な使命があるんだっ！

……いくら、めちゃくちゃいい香りのコロンを付けてるからって、こんな遊び人っぽい男に構ってる暇《ひま》は……！

オレは思い、ハタと動きを止める。

……いい香りのコロン……？

確かに、彼のコロンは普通《ふつう》じゃないほどいい香りだ。ちょっと危険なほど、甘くて、どこか苦くて、そして芳しくて。

それは男のオレですら、膝から力が抜けちゃうほどに、セクシーで。

オレは、彼の顔を見上げる。

……めちゃくちゃいい香りのコロン、見つけたじゃないか！

「あのあのっ！」

オレは彼に歩み寄ろうとし……ヤツのコロンの香りを嗅いだら危険だ、とその場に硬直《こうちょく》する。

……だって、さっきの熱が、まだ指先に、残ってるみたいで……。

「頼《たの》みがあるんだ！　あんたの香りが欲しいんだ！　今すぐ、オレに教えてくれよっ！」

彼は驚《おどろ》いたように眉をつり上げる。

「なんだそれは？　新手の誘《さそ》い文句か？」

「……え？」

彼は楽しそうに笑い、

「可愛《かわい》い顔をしてなかなか熱烈《ねつれつ》なことを言うな。『一晩中抱きしめて、その残り香を自分に移して』という意味だろう？」

「ちがう、ちがう、ちがーうっ！」

……まったく！　黙《だま》ってたら見とれるようなすごいハンサムなのに、なんでこんなにムカつくことばっかり言うんだ、この男っ！

「あんたが付けてるそのコロンの名前を教えて欲しいだけだっ！　仕事で、どうしても必要なんだってばっ！」

「……仕事？」

彼はふいにその顔から笑《え》みを消す。真面目《まじめ》な顔になった彼は驚くほど冷淡《れいたん》に見えて、オレは少しビビってしまう。

「……おまえ、いったい……？」

「え、ええと……コホン」

オレは咳払《せきばら》いをして怯え気分を吹《ふ》き払い、仕事モードの顔に戻《もど》ろうとする。

……そうだ、この男の香りにやられて調子が狂《くる》ってたけど……！

……忘れちゃダメだ！　オレ、仕事でここに来たんじゃないか……！

オレは、上着の内ポケットから名刺入《めいしい》れを出す。第一企画室の時とは紙の質まで違うかにも安物の名刺をそこから一枚引き抜く。

「オレ、こういう者です」

言いながら、彼に名刺を差し出す。

彼はさっきまでとは別人のような真面目な顔でそれを受け取る。

「……香川亮介……」

彼は、心に刻み付けようとするかのような低い声でオレの名前を呟《つぶや》く。

それから何かに驚いたかのように目を見開き、ゆっくりと名刺から目を上げて、オレの顔を見つめる。

「……株式会社鳳生堂？　おまえが？」

なぜか驚いたような響きに、オレはちょっとだけ落ち込む。

……やっぱり、あんな大企業に、オレみたいな迫力《はくりょく》ないヤツって似合わないのかな？

「一応。所属は第二企画室……です」

乱暴な語尾《ごび》を改めながら答えるけど、彼は不審《ふしん》そうに眉《まゆ》を顰《ひそ》める。

「さっきまでと、口調を変える必要はない。鳳生堂の人間が、俺に何の用だ？」

……う……せっかく丁寧に言ったのに！

「だから……あんたのつけてるコロンの名前が知りたいんだよ」

「……なぜ？」

「新しい香水《こうすい》を企画しなくちゃいけないんだ。世界中でヒットするようなすごいヤツ。オレは、男性用でいきたいと思ってる」

オレが言うと、彼はまた眉を寄せる。

……うっ、オレみたいな青二才がそんなこと言うなんて、無謀《むぼう》？　でも……！

「オレ、恥《は》ずかしいけど、男性用コロンにはあんまり詳《くわ》しくないんだ。だから、研究と、イメージを固めるために、朝からずっとデパートを回って、香水を嗅《か》いでた。ちょっと気持ちが悪くなるほど。だけど、気に入るコロンはなかなか見つからなくて」

思い出すだけで、嗅ぎすぎた香水の余韻《よいん》で胸の奥がムカムカする。

「……けど！」

オレは勇気を出して、彼に一歩近づく。

「……ちょっとゴメン！」

オレは思い切って彼のシャツの布地を摑《つか》み、その逞《たくま》しい胸に顔を寄せてみる。

そして、彼のコロンを胸に吸い込む。

彼の爽《さわ》やかでセクシーなコロンは、まるで一陣《いちじん》の涼《すず》しい風のように、オレの胸の奥の不快感を吹き飛ばしてしまう。

そして、それだけじゃなくて……。

……ああ……。

彼のコロンはオレの肺から血液に流れ込み、全身を甘く駆《か》けめぐる。

「……やっぱり……」

「……やっぱり？　なんだ？」

すぐそばから聞こえた彼の声に、オレは慌《あわ》てて彼の身体《からだ》から離《はな》れる。

……ヤバい、また妙《みょう》な気分になりそう！

「やっぱり、あんたの香《かお》り、ものすごくいいんだ。オレ、嗅いだだけでなんだかエッチな気持ちになって身体が感じたみたいに痺《しび》れる。ええと……あんたが付けてるのって……普通のコロンじゃない、とか？」

「普通じゃない、というと？」

「ええと……よく通販《つうはん》とかの広告で見るじゃん。例えば、『エッチな気持ちになるコロン』とか」

男に向かって、感じるだのエッチな気持ちになるだのって連発するのはめちゃくちゃ恥ずかしかったけど……オレは彼のコロンの名前を教えてもらおうとして、必死だった。

「あ、ここって一応香水を調香してくれる場所みたいだし……それってもしかして、この店の調香師さんが作ったオリジナル？　嗅ぐだけで感じる媚薬《びやく》、とか？」

言うと、彼は少し驚いたように眉をつり上げる。

「あっ！　やっぱりそういう香水なんだな？　じゃなきゃ、男のオレが、男のあんたにこんなに感じちゃうわけがないっ！」

思わず叫《さけ》ぶと、彼はなんだかすごく可笑《おか》しそうに笑う。

「媚薬か。まあ、似たようなものかな」

……やっぱり……！

「そしたら！　この店のオーナーと、その香水を作った調香師さんを紹介《しょうかい》してくれよ！　オレ、仕事の依頼《いらい》をしたいんだ！」

「仕事の依頼？」

「そう！　そのコロンを、鳳生堂で商品化したいんだ！」

彼は何かを推《お》し量るように眉を寄せ、それから、

「このコロンを調香したのは、俺だ」

「えっ？」

「そして、この店のオーナーも、俺」

オレはなんだか驚いてしまいながら、相手の顔を見つめる。

彼は、ファッション雑誌のグラビアから出てきたような、本当にものすごい美形で。

だから、モデルの傍《かたわ》らこの店で店員をしてる、って言われた方が自然な感じで。

「あんたが、こんな渋《しぶ》い店のオーナーで、しかも、調香師……？」

「疑うのか？」

「……う……だって……」

調香師っていったら、なんだかもっと渋いおじいさんとかがやっていそうな……。

「それなら、証明しようか？」

彼は言って、いきなりオレの腕《うで》を掴む。

「……え？」

そして身を屈《かが》め、オレの首筋に触《ふ》れそうなほどその顔を近づけてくる。

……うわ……首筋に、キス、される？

オレは、真っ赤になって硬直《こうちょく》する。

触れるか触れないかのところに感じる、彼の体温。

「……あっ、待って、ちょっと……」

「……静かに。動かないで……」

彼の囁《ささや》きは静かで、でもとてもあらがえないような何か強い響《ひび》きを持っていた。

動きを止めたオレを、彼はその逞しい腕でそっと抱《だ》きしめる。

まるで甘い愛の囁きを吹き込もうとするかのように、オレの耳元に口を寄せる。

「……ティーツリー、レモン、マスカット、ローズ、ワイン、サイプレス、シダーウッド、ハチミツ、アンバー、シベット……」

まるでオレの理性を失わせるための呪文《じゅもん》を唱えるように、彼が囁く。

「……あ……」

オレの身体が、彼のあたたかな息に反応して、細かく震《ふる》えてしまう。

そのまましばらく動きを止め、それから何か美味《おい》しい物でも味わった後のような、満足げな、長いため息をつく。

「……ああ……なんて香りなんだ……」

ため息に含《ふく》まれていたのは、聞こえるか聞こえないかの、不思議な言葉。

「あ、あ、あの……」

オレは甘い気分に落ちていきそうになり、慌てて彼の腕の中で身じろぎをする。

「オレ、首筋にコロンなんか付けてないぞ」

「俺が言ったのはコロンではなく……」

彼は言いかけてから、ふと我に返ったように顔を上げる。それから苦笑《くしょう》して、

「……まあいい。香り当てをしようか。ワイシャツを洗濯《せんたく》している洗剤《せんざい》は『部屋干しトップス』。柔軟剤は『シワすっきりソフランA』。シャンプーは無印良品の無香料《むこうりょう》」

「うわっ！　なんで解《わか》るの？」

彼は当然だよ、という顔で、オレの手首を摑んで持ち上げる。手首にキスをするかのように、その端麗《たんれい》な顔を近づける。

彼は真剣《しんけん》な顔で目を閉じ、ワインの香りを味わうソムリエみたいな表情になる。

「残っているトップノートは、サイプレス、クラリセージ、グレープフルーツ、シナモン。ミドルノートは、フリージア、ローズ、ロータス。ベースノートはシダーウッド、ガイヤックウッド、パチュリ、アンバー、ムスク、サンダルウッド」

彼はふいに目を開けて、

「付けたのは約三時間前。香水の銘柄《めいがら》は、アルフレッド・ダンヒルの『エキセントトリック』。オー・ド・パルファムだろう」

これを店員に吹《ふ》きかけられたのは、最初に寄ったデパートだから、ほぼ三時間前。ラベルに書いてあった名前は、たしかに、ダンヒルの『エキセントトリック』だった。

「……すごい。大当たりだ！　銘柄はともかく、付けた時間まで解るなんて！」

「もっと当ててやろうか？」

彼の指が、いきなりオレの顎《あご》にかかる。

……え……？

彼はふいに身を屈めると、オレに顔を寄せてくる。

「……うわ、なに……んっ……！」

よける間もなく、重なってくるその唇《くちびる》。

「……んんっ！」

事態が呑《の》み込めずに硬直したオレの唇を、彼のあたたかな唇がゆっくりと包み込む。

「……んん……！」

あまりに優《やさ》しいそのキスに、食いしばったオレの顎の力がふわりと抜《ぬ》けてしまう。

「……あ……ん……」

彼の柔《やわ》らかな舌が、オレの口腔《こうこう》に滑《すべ》り込んでくる。とまどうオレの舌をそっとすくい上げ、セクシーに絡《から》み付く。

……ああ……。

抵抗《ていこう》しなきゃ、と思うのに、鼻の奥に残った彼の香りの余韻《よいん》に、身体が痺れてる。

オレの指が、勝手に彼の腕にかかり、そのままシャツの布地をキュウッと握《にぎ》りしめた。

角度を変えて重なってくるその唇、そのたびにオレの舌を捉《とら》える彼の舌。

「……んん、んん……」

教会のそれのように清浄《せいじょう》に澄《す》んだ店の空気に、二人の舌が絡み合う、ピチャ、という濡《ぬ》れた音が響く。

こんなに高貴で美しい顔をした男が……まさか、こんな淫《みだ》らなキスをするなんて……。

ふわりと鼻孔《びこう》に届いた彼のコロンが、オレの理性にとどめを刺《さ》す。

オレの下半身が、ズクン、と甘く疼《うず》いてしまう。

……信じられない……オレ……。

……キスだけで……イキそう……。

彼の唇が、名残惜《なごりお》しげにゆっくり離《はな》れる。

「……あ……」

立っているのがやっとのオレは、速くなってしまった呼吸と鼓動《こどう》を整えようとしながら、彼の腕にすがり付く。

「……なんで……なんでキスなんか……」

かすれた声で言ったオレに、彼は憎《にく》たらしい声でクスリと笑う。

「香《かお》り当てをすると言っただろう？」

……へっ？

「ランチはオレンジジュース。飲んだのは十分ほど前。飲んだ店は向かいのカフェ」

「うっ！」

「しかも一度零《こぼ》しただろう？　指にオレンジの香りが染《し》み付いている」

「そ、そんなことまで解るの？　ちゃんと洗ったのに！」

オレはあまりの驚《おどろ》きに、キスのショックを忘れてしまいながら、叫《さけ》ぶ。

「すごい！　もしかして調香師って普通《ふつう》の人よりも嗅覚が千倍くらい優《すぐ》れてるとか？」

彼は、いきなりプッと噴《ふ》き出して、

「まさか。犬じゃあるまいし。香りに関する知識が普通よりも多いだけだ」

「じゃ、なんで……」

彼は、店の目立たない場所にあるいくつかの明かり取りの窓を指さす。

「あそこから、外の様子がよく見える。向かいのカフェでおまえがオレンジ色のジュースを飲んでいるところも、それをいきなり噴いたところも、手をそれで濡らしたところも、ここからしっかり見えていた」

……嘘《うそ》！　見られてたなんて！

「なんてマヌケな子だろうと思っていたら、いきなり店に飛び込んで来て、あんなに目立つ段差で転びそうになるし」

「……うっ！」

彼は可笑《おか》しそうに笑いながら、オレの顔を覗《のぞ》き込む。

「しかも、俺の香りに感じた、と言っていきなり発情するんだからな」

オレは真っ赤になってしまいながら、

「しょうがないだろっ！　それより、オレが飲んでたのがオレンジジュースだって解ってたのに、なんでキスなんかしたんだよっ？」

彼は平然とした顔で肩《かた》をすくめる。

「キスでも感じるかどうか確かめたんだ」

彼は、その端整な顔に可笑しそうな笑《え》みを浮《う》かべる。

「案の定、感じてくれたので安心した」

……し、信じらんない……！

オレは怒《いか》りのあまり拳《こぶし》を握りしめる。

「オレが感じたのは、キスにじゃなくて、あんたの香りに、だってばっ！　もう、あんたなんかだいっきら……」

オレは言いかけて言葉を切る。

……ここでキレて彼に仕事を依頼《いらい》できなかったら、第二企画室《きかくしつ》は……？

オレは、この間の社長会議で決まったことを思い出して、青ざめる。

……どんなにイジワルされても、キレちゃダメだ！

……これは仕事じゃないか！　ちょっとくらい失礼なことされても我慢《がまん》しなきゃ！

オレは何度も深呼吸して怒りをなんとか抑《おさ》え付け、ガバッと彼に頭を下げる。

「お願いします、オレと仕事をしてください！　オレ、なんでもするから！」

「……なんでも？」

「はいっ！　もう、なんでもっ！」

……なんか悔しいけど、これも二課のみんなのためだし！

「どうしてそんなに必死なんだ？　俺のような男に頭を下げるのは悔しいだろう？」

彼の口調は気楽な感じだったけど、どこかいぶかしげな響《ひび》きがあった。

……ごまかしても、すぐ見破られそう。

オレは、社内のゴタゴタを、初対面の彼にどこまで話していいのかな、と少し迷う。

……だけど、迷ってる場合じゃなくて。

オレは顔を上げ、彼を真《ま》っ直《す》ぐ見上げる。

「オレのいる第二企画室って、社内じゃはみ出し者の集まりって言われてる部署なんだ。エリートの第一企画室にいつもバカにされてるし」

オレは、第一企画室の金森《かなもり》室長の顔と、メンバーたちのことを思い出す。オレが異動になった原因は金森室長だった。でもほかのメンバーがオレの味方になってくれることはなかった。

それどころか、今までも室長に媚《こ》びを売って企画を通しただろうとか言われて。

思い出すだけで、心がズキンと痛む。

……やっぱり、負けたくない……。

……第二企画室だって、第一企画室に負けないってことを、ちゃんと示したい。

「ヒット商品のなかなか出せない第二企画室は、スキあらば撤廃《てっぱい》されそうだったんだけど……このところの不況《ふきょう》で、ついに会議で撤廃が決まりそうになっちゃったんだ」

オレ、怒りと焦《あせ》りに青ざめながら言う。

「うちの室長がなんとか粘《ねば》って、社長にそれを撤回する条件を出させたんだけど……」

「条件？」

「うん。鳳生堂は、今、香水の開発に力を入れてるんだ。第一企画室と香水の企画で競《きそ》って勝てば、そしてその作品が世界中でヒットすれば……オレたちの第二企画室の撤廃案は撤回になるんだ」

彼は、オレの言葉を、真剣《しんけん》な顔で聞いてくれている。オレは、それに励《はげ》まされながら、

「でも、第一企画室の金森室長は、女性用の香水《こうすい》の専門家だ。会社の研究所のベテラン調香師さんは全員、彼の味方だし。女性用じゃ、きっと太刀《たち》打《う》ちできない。だから、オレは、男性用のコロンを企画しようと思って」

彼は、難しい顔で眉《まゆ》を寄せ、

「……男性用のコロンは、女性用の香水よりもヒットする確率が低い。それでもいいのか？」

彼の言葉に、オレは少し迷い……でも、しっかりとうなずく。

「最初、心の奥で、半分無理なんじゃないかって思ってた。けど、あんたのコロンを嗅いで確信した。あんたが調香してくれた作品なら、男性用でも絶対ヒットする」

オレは彼を真っ直ぐに見上げて、

「オレ、あんたのコロンに感じた。身体《からだ》だけじゃなくて、心も。あんたの作ったコロンが好き

なんだ」

彼は少し驚いたような顔で目を見開き、オレを見下ろしている。

「あんたと仕事がしたい。嗅いだだけで身体と心が震《ふる》えるようなコロンを企画したい」

「……身体と、心が……ね……」

彼は何かを考えているように呟《つぶや》く。

オレはうなずき、それから少し赤くなる。

「あ、でも、あんまり強い媚薬《びやく》にすると世界中の人間が発情して経済が破綻《はたん》しそうだから……とりあえず、催淫《さいいん》効果は控《ひか》えめなやつ」

彼はオレを見つめたまま黙《だま》り、それからふいにフッと笑う。

「解《わか》った。世界経済が破綻しない程度の催淫効果のあるコロンを調香しよう」

言葉は過激だけど、言った彼の笑顔は、ちょっといたずらな少年っぽくて。なんだか胸が痛くなるほど純粋《じゅんすい》に見えて。

「うん。恋人《こいびと》がドキドキする程度にはね」

オレは引き込まれて、微笑《ほほえ》み返し……、
そこで、彼の言葉の意味に気づく。

……ってことは……？

「仕事を受けてやってもいい」

あっさり言われたその言葉に、オレは逆に驚いてしまう。だってこんなにいい香りを調香できるなんて彼はきっと才能に溢《あふ》れる調香師だろうし……。

「本当？　本当に？」

「ああ。ただ、一つだけ条件がある」

「あ、調香料のこと？　それなら、ちょっとくらいはずめると思うし……」

「金は規定の料金で構わない。それより……そうだな、抱《だ》き枕《まくら》が欲しい」

「……へ？　抱き枕？」

……それって寝具《しんぐ》売場とかで見かける、抱きしめて眠《ねむ》るための、あの長い枕？

「最近よく眠れない。睡眠《すいみん》不足は嗅覚《きゆうかく》を鈍《にぶ》らせる。いい仕事ができるかどうか……」

「それなら、オレがどっかでそれ、調達してくるよ！　くる、けど……」

オレは呆然《ぼうぜん》としてしまいながら、言う。

……そんなものをあげるだけで、仕事を受けてくれるの？

……オレって、もしかしてラッキー？

……それとも彼は、オレが妙《みよう》な遠慮《えんりよ》をせずに仕事を依頼できるように、気を遣《つか》ってこんな簡単な条件を出してくれてる……？

……オレは、彼のうっとりするほどハンサムな顔を見上げながら思う。

……もしかして、この人、実はいい人？

思ったら、なんだかちょっと嬉《うれ》しくなってしまう。オレは内ポケットからリサーチ用に持ち歩いてるメモとペンを取り出して、

「ええと！　どういう抱き枕が欲しいか、リクエストとかあったら言って！」

……彼が気に入りそうなのを、ちゃんと探してこなくちゃ！

「リクエスト……ね」

彼はオレを見下ろして、なぜか妙にセクシーな目になる。

「細身だが、結構しっかりと引き締《し》まっていて、抱き心地《ごこち》がいいもの」

「ええと、細身だけどしっかりしていて、抱き心地がいい……と。それから？」

「あまり従順でなく、適度に跳《は》ねっ返り。少し生意気なくらいがいい」

「適度な跳ね……生意気……？」

……枕を表現するには、なんだか妙な言い回しだなあ。

「陽《ひ》に灼《や》けた肌《はだ》と美しい顔立ち、清潔な白い歯をしていて、笑うと子供のように屈託《くったく》がないのがいい」

「陽に灼けた肌と、美しい……はぁ……？」

オレは驚《おどろ》いて、彼の《の》顔を見上げる。

彼はいきなり手を伸ばし、オレの顎《あご》を指先で持ち上げる。

「黒い髪《かみ》、長い睫毛《まつげ》。気が強そうに睨《にら》んでくるくせに、すぐに色っぽく潤《うる》む瞳《ひとみ》」

「……う……」

至近距離《きょり》から真っ直ぐに見つめられて、オレの頬《ほお》がカアッと熱くなる。

……こんな距離じゃ、彼の香《かお》りが……。

「そして……」

彼の親指が、オレの唇《くちびる》の形を、そっとなぞっていく。

「……あぁ……」

背筋を走った不思議な電流に、オレの身体がヒクンと震えてしまう。

「……キスを誘《さそ》うような、その唇」

硬直《こうちょく》するオレの顔に、彼の顔がゆっくりと近づいてくる。

……ああ、またキスされちゃう……。

オレは、媚薬のような彼の香りに酔《よ》わされ、思わず目を閉じそうになる……けど。

「……ま、待って……」

理性を振《ふ》り絞《しぼ》って、なんとか囁《ささや》く。

「……あんたの言う、抱き枕って……まさか、その……」

彼がふいに身を屈《かが》め、オレの耳元に口を近づける。

「……そう。俺が欲しい抱き枕というのは、おまえのことだよ」

心を痺《しび》れさせるセクシーな声。そして彼の髪から香るのは、あの芳《かん》しい香り。

「……コロンができるまでの……そう、一週間でいい。夜は俺のベッドに来い」

……うわ、ヤバイよ……！

「……あっ……」

熱くて甘い、危険な誘惑《ゆうわく》の言葉。

そして彼の声にわずかに含《ふく》まれた、どこかが痛むような切なげな響《ひび》き。

身体の芯《しん》が甘く疼《うず》き、オレはすべての思考能力を奪《うば》われそうになる。

……ああ、本当に、オレってば……！

「……おまえを抱きしめて眠りたいんだ」

もしオレが女の子だったら、今頃《いまごろ》もう何もかも忘れていそう。……けど。

「……オレ、男だぞ……っ！」

オレはわずかに残った理性にすがるようにして、必死で言う。

「……男のオレを抱き枕にしたって、面白《おもしろ》くないだろ……っ？」

「そうだな……ただ抱きしめるだけでは物足りないかもしれない」

彼は少し考え、それから美しいけど真意の摑《つか》めないその目で、オレを見つめる。

「キスまでは自由にさせてもらおうか」

……キ、キスまでは、自由……？

「まさか、今のキスが、初体験か？」

彼の声に含まれたからかうような響きに、オレはムキになってしまいながら、

「うっ、そ、そんなことはないっ！」

「それなら、キスくらいどういうことはないだろう？」

なんだかすごく可笑《おか》しそうに言われて、オレは言葉に詰《つ》まる。

「……う……」

「仕事のためだ。接待と思えばいい。熱血サラリーマンならそれくらい簡単だろう？」

「……うう……！」

……第二企画室《きかくしつ》の存続と、みんなのためなら、この男とのキスくらいは……？

オレの脳裏《のうり》に、彼のキスを受ける自分の姿の映像がよぎった。

オレは嫌《いや》そうに眉《まゆ》を顰《ひそ》めてキスを待ち……のはずが、なぜか睫毛を閉じてうっとりと頬を染めていて……。

「……うぎゃっ！」

……なんで、そんな想像図になるんだ？

真っ赤になったオレを見下ろして、彼はなんだかすごく面白そうな顔をする。

「キスぐらいでそんな動揺《どうよう》してどうする？　おまえがその気になったことが確認《かくにん》できたら、遠慮なくその先までいただくぞ」

「えええっ？」

「なんのための抱き枕だと思ってる？」

……ぎゃ〜っ！　こいつって……！

……ルックスは王子様みたいな美形のくせに、中身はキチクの遊び人だっ！

「まさか、キスをしたことはあっても、その先の経験はない、とか？」

図星を指されてオレは言葉に詰まる。

オレはこういう性格だから、学生時代から結構モテる方だった。カノジョがいた時期もあったけど、実はキスより先に進んだことがない。生涯《しょうがい》のうち数回だけしたキスだって無理やり奪われたみたいなモンだったし、その時だって女の子のきつい香水《こうすい》と、口紅の油臭《くさ》い臭《にお》いで、ほとんど失神しそうだった。だから女の子とそれ以上のことをするなんて、考えただけでギブアップって感じで。

……だけど、別に男が好きだから女の子とエッチできなかったわけじゃなくて！

……単にオレが、ちょっと淡泊《たんぱく》なだけで！

呆然とするオレに、彼はなんだかすごくセクシーな顔で微笑《ほほえ》みかける。

「無理やり抱くのは趣味《しゅみ》じゃないので、強制はしない。その代わり、おまえが承諾《しょうだく》したら、その時は容赦《ようしゃ》しないからそのつもりで」

……しょ、承諾したら……？

「抱《だ》きしめられただけで腰砕《こしくだ》けになったおまえなら、俺の誘惑に降参するのもすぐという気がするけれどね」

「うっ！」

……一週間も……このイジワル男と一つのベッドで？

思っただけで真っ赤になってしまう。

……この男に何か妙な感情なんて、ひとかけらもない！　けど、この男の香りには？

「ちょ、ちょ、ちょっと待って！　ほ、ほかの条件、とかを考えない？」

言うけど、彼はあっさりかぶりを振る。

「香水ができ上がるまでの一週間、おまえが俺の抱き枕《まくら》になる。……それが、仕事を引き受けるための唯一《ゆいいつ》の条件だ」

「うっ！」

「香水のサンプルをいくつか渡《わた》す。会社に戻《もど》って同じ部署のメンバーと相談して来い。依頼《いらい》の方向に話がまとまったら、そしておまえの心が決まったら……」

彼は、笑いを含んだ目でオレを見つめる。

「……今日の八時にこの店で。一週間は家に帰れないから、着替《きが》えの準備を忘れるな」

彼は手を上げて、オレの顎に触《ふ》れる。

「俺の名前は、西園孝明だ。おまえがいい抱き枕になって、俺にいい仕事をさせてくれることを期待するよ」

「……う……」

……ああ、なんてことだ……！

＊

「……というわけで。すんごい調香師を見つけたんです。彼に調香を依頼できれば、きっと歴史に残るような作品ができます」

その日の夕方。ここは、第二企画室のミーティングテーブル。

「彼には話を通してあります。もしも第二企画室のメンバーが賛成してくれれば、すぐにでも調香に入ってもらえます」

オレは、ふいにあの条件を思い出す。

……オレが一週間我慢《がまん》すれば、だけど。

「立派ねえ、香川くん！」

「やりましたね、亮介さんーっ！」

拍手《はくしゅ》をしてくれたのは、古田《ふるた》さんと、そして新人の来栖《くるす》くん。

「さすが香川くんですね。そんな隠《かく》れた名店を見つけてくるなんて」

そしてにこにこしながら言ってくれたのはこの企画二課の室長、成田《なりた》さんだ。

古田洋子《ようこ》さんは三十五歳。もともと店舗《てんぽ》でバリバリ仕事してたキャリアウーマン。長年の希望が叶《かな》って本社の営業部に異動になったのはいいんだけど……営業部長とケンカしてこの企画二課にまた異動になってしまったという過去を持つ人。だけど、さすが現場にいた人だけあって、商品にはすごく詳《くわ》しい。

新人の来栖准《じゅん》くんはうっとりするような美青年で、取締役《とりしまりやく》の強力プッシュで入社したけど、その取締役とホモ不倫《ふりん》の噂《うわさ》を立てられ（純情な子だから絶対嘘《うそ》だ）、この企画二課に異動させられてきた。

そして室長の成田雅人《まさと》さんは二十八歳。入社当時は超《ちょう》・花形の海外事業部にいたらしいし、結構ハンサムで背が高くてスタイルがいい。だけどこの課に異動になったってことは謎《なぞ》の過去があると噂されている。

そしてオレはといえば、最初は花形の企画一課にいたんだけど、ちょっと事件があってこの企画二課に異動させられて……。

この企画二課は、エリート揃《ぞろ》いのこの会社の中では……どっちかといえばはみ出し者が集まっている場所。だけど、ノンビリしていて雰囲気《ふんいき》いいし、なかなか実績に結び付かないけど、みんな実は熱意はあって。

最初は、早く企画一課に戻らなきゃ、ってアセってたオレも、ここにすっかり馴染《なじ》んでしまった。今では、この企画二課が潰《つぶ》れたら……なんてことを考えるだけで真っ青になるほど、この課を愛しちゃってるんだ。

「これが、その男の作ったコロンです」

オレは、西園から預かってきた、遮光《しゃこう》ガラスできた小瓶《こびん》をいくつか取り出す。

彼が付けてるコロンは、もったいぶってるのか、ヤバいのか、貸してもらえなかった。これは彼の愛用のものとイメージが似ている作品を選んでもらったものだ。

試《ため》しに嗅がせてもらったら、あれみたいに感じちゃうことはなかったけど……でもこれらもうっとりするようないい香《かお》りで。

そしてオレは、彼の才能を確信した。まだ無名かもしれないけど、彼はすごいって。

「これはまだ未発売の試作品らしいですが、こんなイメージの男性用コロンを作ったら、すごく売れるんじゃないかって思って」

試香紙《ムイエット》にそれを慎重《しんちょう》に一吹《ひとふ》きし、上下に振《ふ》って、空気の中に香りを広がらせる。

古田さんと来栖くんが、くんくん、と香りを嗅《か》いでから、うっとりした顔になる。

「うわあ、いい香りねえ。男性用コロンってきついモノも多いけど、これなら爽《さわ》やかだし私も好きだわ」

「本当ですー！　いかにもお洒落《しゃれ》ないい男が付けていそうな感じですー！」

「これ、売れるわよ、きっと。だってこんな香りだったら、絶対恋人《こいびと》に付けて欲しいもの。プレゼントとしてもいいと思うわ」

「僕も売れると思いますー！　いい男に憧《あこが》れてる僕も、背伸《せの》びして買ってみたい！」

二人にそう言ってもらえたオレは、ちょっとだけホッとする。

……香りに関する感覚になんかあんまり自信なかったけど……そんなにズレてるってわけじゃないみたい……？

ホッとしてから、なんだかちょっと嬉《うれ》しくなる。

……西園はイジワルで憎《にく》たらしいヤツだけど、彼の作る香水は、やっぱりすごいよね？

「香川くん、そのムイエットをちょっと貸していただけますか？」

成田室長がふいに言って手を差し出す。

「あ、はい。どうぞ」

オレは慌《あわ》ててそれを渡す。彼は鼻の前でそれを数回ゆっくりと振る。

成田室長が、何かに気づいたように、ふとその秀麗《しゅうれい》な眉《まゆ》を寄せる。

「……これは……やはり……？」

成田室長は、海外事業部では男性用の香水を扱《あつか》っていたはず。香りに関する知識はそうとう豊富なエキスパートのはずで。

……う、シロウトのオレには素晴《すば》らしく感じられても、エキスパートからしたら？

「……あの……何か問題アリですか？」

オレは、なんだか妙《みょう》に緊張《きんちょう》してしまいながら言う。

「それとも、小さなお店で細々と調香してるような無名の調香師の作品を、いきなり抜擢《ばってき》しようなんて……無謀《むぼう》でしょうか？」

……でも、彼の作品は、デパートで売ってるどんな有名なコロンよりも、オレの心を捉《とら》えて、離《はな》さなくて……。

「無名の調香師？　いや、待って……」

彼はもう一度ムイエットを振り、確かめるような顔で息を吸ってから、

「……もしかしたら私の気のせいかもしれませんが……まさか、これを調香した人の名前は、タカアキ・ニシゾノ、では……？」

ちょっと呆然《ぼうぜん》としたような顔で言う。

「えっ？」

オレは驚《おどろ》いてしまう。

「そうです。青山にある西園さんのお店にいらしてこれを嗅いだことがあるとか？」

「いえ、そうではありません」

成田室長は言ってから、信じられない、という顔で、ため息をつく。それからふいにオレに向かって微笑《ほほえ》みかけてくれる。

「この広い東京で、偶然《ぐうぜん》に彼のアトリエを見つけ出してしまうとは、君はなんと幸運な人なんでしょう。……というよりそれも君の実力の一部なのかもしれませんが」

「え？」

「彼は、香水《こうすい》に関《かか》わる仕事をしている人間なら、誰《だれ》もが一度は仕事を共にしたいと憧れる……伝説の調香師なんですよ」

オレは、驚くのを通り越《こ》して、呆然としてしまう。

……あの、イジワルで、尊大で、憎たらしい彼が……？

「西園孝明なら、私も聞いたことがあるわ！　そんな人を発見しちゃったわけ？」

「すんごいじゃないですかー、香川さん！」

古田さんと来栖君が、嬉しそうな顔でミーティングテーブルの上に身を乗り出す。

オレは、まだ信じられない気持ちで、

「西園さんって……そんなに有名な調香師なんですか？」

言うと、成田室長は深くうなずく。それからオレたちをぐるりと見渡《みわた》して、

「有名なディアールの『NOIR《ノアール》』、ダニエリの『VINO《ヴィーノ》 ROSSO《ロッソ》』。三人とも、もちろんご存じですよね？」

「私はもちろん知ってます。最近流行《はや》った男性用のコロンといえば、まずはこの二つですし！　香水にうといあなたたちも、この二つならすぐどんな香りか解《わか》るでしょう？」

古田さんが自信たっぷりに言う。オレは来栖くんと思わず顔を見合わせてしまう。

「ええとー……名前はもちろん聞いたことありますけどー……」

来栖くんは、すごく困った顔の上目遣《うわめづか》い（をすると彼はめちゃくちゃ可愛《かわい》い）で成田室長を見上げる。

「……リサーチに行ったデパートでたくさん嗅ぎすぎて、どれがどれだか解りませーん」

「オ……オレも、まったく同感です……」

オレも言うと、古田さんはあきれたようにため息をつく。

「もう。彼の作品がどんな香りか解らないんじゃ、仕事を依頼《いらい》するのに失礼じゃないの！　今からもう一度行ってくれば？」

「まったく。仕方がありませんね」

成田室長は苦笑《くしょう》して手を伸ばし、来栖くんの髪《かみ》をクシャッとかき回して立ち上がる。自分のデスクに行って引き出しを開け、その中からコロンをいくつも持ってくる。

「その瓶、見たことあります！　こっちも、あ、それもよくデパートにある！」

来栖くんに、成田室長はよくできました、とでもいうような優《やさ》しい顔でうなずく。

「嗅いでみていいですよ。香川くんの借りてきた試作品と、共通点があることが解るでしょう」

オレと来栖くんは、それを嗅いでみて、

「あ……確かに、彼の作品って特徴《とくちょう》があるかもしれませんね。ワンパターンっていうんじゃなくて、バランスが独得っていうか」

「香川くんは、なかなか嗅覚《きゅうかく》が優《すぐ》れているようですね。そのとおりです」

「わーん。僕はあんまり解りませーん」

来栖くんが言い、それから香水瓶を持ち上げてしげしげと見つめる。

「そういえば、僕、この瓶大好きなんです。デパートで見て、高くて買えないけど、瓶だけでも欲しいな、とか思っちゃったー」

「そうよね、瓶のデザインも重要だわ。安っぽい瓶に入ってたら、それだけで購買《こうばい》意欲が失《う》せるもの」

二人の言葉にうなずいた成田室長が、

「香水は、中身だけでなく、外側にも価値がありますからね。蛇足《だそく》ですが、香水の瓶は、正しくは、『フラコン』と呼ばれます」

「フラコン？　なんだか憶《おぼ》えにくいけど忘れないようにしなきゃ」

「そうよね。会議の時に間違《まちが》えて、第一企画室《きかくしつ》のメンバーにバカにされると悔《くや》しいし」

口の中で何度も呟《つぶや》いているオレと古田さんの脇《わき》から、来栖くんが、

「ブラコン？　ブラザー・コンプレックスの略とおんなしですかー？　憶えやすーい！」

「ブラコンではなく、フラコン。この際ですから正しく憶えてくださいね」

成田室長が言うと、来栖くんは嬉しそうにうなずく。

……来栖くんのおかげで、忘れずにすみそうかも……？

「ところで、このフラコンをデザインしたガラス職人さんも、とても有名なんですよ」

成田室長が、ミーティングテーブルの上のコロンを指さしながら言う。

「ジョルジョ・ダニエリという名前のイタリア人で、彼のデザインするフラコンはほとんど芸術作品だと言われています。特に、バカラ社と提携《ていけい》して限定で作られたいくつかは、今では高額のプレミアが付いていて、収集家の垂涎《すいぜん》の的になっています」

『NOIR』のフラコンは、黒の艶《つや》消しガラスでできていて、まるで夜空の星みたいな金色の模様が全体に散らされている。

『VINO ROSSO』は、ワイングラスみたいに複雑なカッティング・ガラスでできていて、その深く沈《しず》んだ紅色は、まるでワイン倉から出されたばかりの年代物のワインみたい。

「西園孝明の調香した香水を売り出せれば、それだけで世界的なヒットになることは間違いない。しかしさらにジョルジョ・ダニエリのデザインしたフラコンに入れて売り出せれば、宣伝効果としても申し分ありませんね。まあ、ジョルジョ・ダニエリは仕事場の住所を公開しないので有名なので、知り合い以外には彼と連絡《れんらく》を取る方法がないのですが」

「ジョルジョ・ダニエリさんの行方《ゆくえ》、その西園って調香師さんが知ってるんじゃない？」

古田さんの言葉に、来栖くんもうなずく。

「そうですよ！　色仕掛《いろじか》けで聞き出しちゃったらどうですかっ？」

……うっ。そのギャグには、今のオレは、笑えないぞ……。

「……ジョルジョ・ダニエリさんですね？　連絡先……一応聞いてみます」

オレは言ってから、その交換《こうかん》条件に何を言われるんだろう、とちょっと怯《おび》える。

室長は、オレの顔を真《ま》っ直《す》ぐに覗《のぞ》き込む。

「西園さんは、普《ふ》通《つう》なら会うことすら難しい超《ちょう》一流の人なのです。昔は我が社の人間も彼とコンタクトを取れたのですが、ここ数年は、ずっと行方が摑《つか》めなくて」

「そう……なんですか？」

……だから、オレの名刺《めいし》を見た時に、彼は不審《ふしん》そうな顔をしたんだな。

オレは、今さらながら自分の無謀《むぼう》な行動にちょっと青ざめる。

……だって、鳳生堂がそんなに必死で仕事の依頼をしようとしている相手なら、社員としてその顔と名前くらいは知ってるのが普通だろうし……。

……オレって、やっぱり勉強不足。

それに……。

「この企画が失敗したら、第二企画室の存続は危なくなるって、社長から言われてるんですよね？　そんな重要な仕事……」

オレは、ため息をつきながら、

「オレが担当するなんて、分不相応かも。ベテランの、室長みたいな人が担当した方がいいんじゃ……？」

ちょっと落ち込んでしまいながらオレが呟くと、室長はかぶりを振《ふ》り、

「君は、あっさりと西園孝明を見つけ出し、しかも彼に、『仕事を受けてもいい』とまで言わせてしまいました」

……普通に承諾《しょうだく》してもらったわけじゃなくて、ヤバそうな条件付きだったけどね……。

オレは、なぜか赤くなってしまいながら思う。

「君ならきっと、彼に素晴《すば》らしい作品を作ってもらうことができるでしょう。そのうちにご挨《あい》拶《さつ》はさせていただくとしても……担当は君です。よろしくお願いします」

「香川くん、頼《たの》んだわよ！　第二企画室の存続がかかってるんだからね！」

「なんでも協力しますから、言ってくださいね！　第二企画室がなくなったら、僕なんか絶対リストラされちゃうし～！」

成田室長に軽く頭を下げられ、残りの二人に拝むようにされて、オレはもう引き返せないことを思い知る。

「解りました！　頑張りましょう！」

オレは怯《ふ》えを吹き飛ばそうとして叫《さけ》ぶ。

「偉《えら》いぞ。それでこそ香川くんだ」

「そうと決まったら、これからすぐにプレゼンテーション用の資料を集めるわよ！」

「僕も手伝いまーす！」

三人が、てきぱきと動き出す。
……やってやろうじゃないか、抱《だ》き枕《まくら》！
……キスくらい我慢《がまん》できるし、それ以上のことは……。
オレの脳裏《のうり》に、彼に抱きしめられる自分の姿がよぎり、オレは一人で赤くなる。
……オレが発情しなければ、問題ないんだからっ！
オレは気合いを入れるために、ミーティングテーブルの下で拳《こぶし》を握《にぎ》りしめる。
……待ってろ、西園孝明！　エッチなしのまま、すごいコロンを作らせてやるっ！

西園孝明

……今夜、ここに、彼が来る。

あまりに幸運すぎて、まだ信じられない。

見るともなしに見ていた、外の景色。公園の向こうのカフェに、見とれるような美青年を見つけたのは、ほんの偶然《ぐうぜん》。

疲《つか》れた様子でジュースを飲んでいた彼は、いきなりジュースをグラスから零《こぼ》し、慌《あわ》てた様子で立ち上がった。

どこか冷淡《れいたん》に見えるほど整ったその美しい容姿に似合わない、可愛《かわい》らしい動揺《どうよう》ぶりに、俺は一人で笑ってしまった。

彼が、まるで俺の笑い声に気づいたかのようにふいに振り向き、こちらを見つめた時、俺はそのまま硬直《こうちょく》してしまった。

鋭《するど》い矢が刺《さ》さったかのように、俺の心が甘く痛んだ。射貫《いぬ》かれた俺の心臓は、そのまま壊《こわ》れそうに鼓動《こどう》を速くした。

彼が欲しい、俺の心にいきなり激しい欲望が湧《わ》き上がった。

俺は自分の反応に驚《おどろ》き、そして自分がいきなり恋《こい》に堕《お》ちてしまったことを知る。

そして彼が公園を横切り、店に飛び込んできた時、俺は運命だ、と思ったのだ。

俺の名前は西園孝明。二十八歳。

青山で小さな香水店《こうすいてん》を営むオーナー、兼《けん》、フリーの調香師だ。

フランス人で調香師をしていた父と、日本人の母との間に生まれた。

生まれた場所は、南フランス、グラース。地中海沿岸にある有名なリゾート、カンヌやニースから、車で五十分ほどの場所にある、美しい丘《おか》の街。高価な香料を作るための上等な花を産出する場所として有名だ。今でも、世界的に有名な調香師が多く住み、たくさんの歴史に残る香水を生み出している。調香師なら知らぬ者はない、調香のメッカだ。

早くに母を亡《な》くした俺は、物心ついた頃《ころ》からずっと父親が調香をする姿を見てきた。父親は優《やさ》しい人だったが、店とガラスを隔《へだ》てた調香アトリエで試験管やスポイトを扱《あつか》う彼はいつになく厳しく見えた。

父が調香師を務めていた店は世界に名のしれた一流の調香薬局だったが、オーナーはいい人で、俺が店で遊んだり、調香アトリエに入ったりすることを許してくれていた。

香水に使う精油は、実はとても高価な物が多い。しかもグラースで産出されるような天然の上等の品は、それの入った小瓶《こびん》を持つだけで緊張《きんちょう》するほどの価値がある。

例えば天然のバラの精油を一キログラム得るためには、一ヘクタールのバラ園に咲《さ》いたバラをすべて摘《つ》み取って使わなければならない。使う花びらの数は約百五十万枚。精油はそれだけのバラの命を凝縮《ぎょうしゅく》したものだ。

子供だった俺は高価な精油に一人で触《ふ》れることは許されていなかったが、父親は、小瓶を開けては俺にそれを嗅《か》がせ、最上級の香《かお》りとは何かを一つ一つ俺に教えてくれた。

その後、俺はフランスの学校に入り、そのまま医大の薬学部に進んで医薬と香料に関することを学び、調香師になった。

調香は、並んだ精油を適当に混ぜ合わせて偶然にいい香りができるのを待つというようなものではない。ワインの香りを憶《おぼ》えるソムリエのように、香水に使われる数千の香料のすべてを記憶《きおく》し、それを頭の中で再構築し、正確に計算し、それを香りとして再現する。それが、調香師の仕事だ。

調香の作業は、専門的で禁欲的で機械的だ。俺はその作業に没頭《ぼっとう》し、初めて調香した香水で、有名な賞を受賞した。

俺はその後、様々なファッションブランドから仕事の依頼《いらい》を受け、一流調香師である『ネ』の称号《しょうごう》を得たが……商業主義のその世界に疲れ、母の故郷である日本に来た。

大学生の時に父が事故で亡くなり、俺は父から継いだ莫大な遺産で、この美しい店を開くことができた。

ファッション業界、そして化粧品《けしょうひん》業界に希望を見いだせなくなっていた俺は、ごく親しい人間にだけ連絡先を教えて仕事をし、それ以外の時間は青山にあるこの店で調香の研究に没頭していた。華《はな》やかな交際には興味がなかったし、言い寄ってくる安い香料の見本市のような女性たちにもうんざりしていた。俺は、世界中から集めた最上級の香りだけを愛し、静かに暮らしていくつもりだった。

……その俺が、まさか、こんな激しい恋に堕ちるなんて……。

俺は、亮介の美しい顔、そして彼の麗《うるわ》しい香りを思い出しながら、ため息をつく。

俺は手を上げて、腕時計《うでどけい》を見る。

時刻は、七時。彼が来るまで、一時間。

帰り際《ぎわ》、夕食くらいはごちそうしてやるから食べてくるな、と言った俺に、どうせそんな暇《ひま》はない、それにここに来るかどうかはまだ解《わか》らない！　と叫んでいた。

俺は、彼の反抗《はんこう》的な瞳《ひとみ》を思い出し、柄《がら》にもなく不安な気持ちになる。

……もしも、彼が二度と来なかったら？

俺はその気持ちを振り払《はら》い、彼はきっと来る、と自分に言い聞かせる。

……彼に仕事を依頼できて、素晴《すば》らしいコロンを企画《きかく》できたらそれは、すごく嬉《うれ》しい。

腕時計を見ると、時刻は、七時五十九分。

慌ててアパートに帰って着替《きが》えのスーツとワイシャツを持ってきたオレは、彼の美しい香水店の看板を見上げてる。

……部署の存続を望んでいる第二企画室のメンバーのためにも、これは正しい選択《せんたく》で。

……だけど。

ここに来たってことは、彼とのキス、それに添《そ》い寝《ね》、万が一の時にはエッチ（！）まで承《しょう》諾《だく》したってことで。

彼は無理やりにはしないとは言ったけど、『おまえが発情したらする』って言ったんだ。もしかして、『今、発情しただろう？』とか因縁《いんねん》つけられて、無理やりヤラれちゃっても、オレは文句は言えないってことで。

……うわ、オレのこの選択って、やっぱり間違《まちが》ってるのかも？

思わず踵《きびす》を返して逃《に》げそうになった時、いきなり店の黒鉄《くろてつ》のドアが開いた。

「いつまでも迷うな。時間切れだ」

見下ろしてきたのは、あの美しい男。

「八時ちょうどに、ここに来た。俺の提案を承諾したということだな？」

「……う……」

「おまえからの依頼を受ける。その代わり、今夜から一週間、おまえは俺だけの抱き枕だ。……いいな？」

……う、いいな、と言われても……。

一人で赤くなってしまうオレを見て、彼はあのイジワルな顔で微笑《ほほえ》む。

「ほら。またそういう可愛い顔をする。しっかりしないと、襲《おそ》われるぞ」

……やっぱり、こいつって、イジワルのスケベの遊び人だ！

「さっさと入れ。こんな場所にいたら……」

彼は言って身を屈《かが》め、オレが下げていたボストンバッグを取り上げる。その拍子《ひょうし》に、彼の指先が、オレの手に触れる。

「もう身体《からだ》が冷えているじゃないか。こんな場所でウロウロしているからだ」

その、少し責めるような口調が、なんだか不思議と優しく聞こえて……オレはドキリとしてしまう。

……うう、どうして……？

彼は、まるで女の人にでもするように、オレの肩《かた》に手をまわし、そっと肩を引き寄せてくれる。

黒鉄のドアを開き、リードするようにして、美しい店の中に足を踏《ふ》み入れる。

彼が後ろ手にドアを閉めると、汚《よご》れた東京の空気が、その重いドアで遮断《しゃだん》される。

……この店の中って、本当に空気が綺麗《きれい》。

棚《たな》いっぱいに香料の瓶《びん》が並べてあるにもかかわらず、ここは、さっきまでいた場所とは別世界のように、空気が澄《す》んでいる。

まるで、湧《わ》きたての水に満たされた、泉の中にいるみたいに気持ちがいい。

その清浄《せいじょう》な空気の中に、冴《さ》え渡《わた》った彼のコロンが、ふわりと香る。

そして、オレの鼓動《こどう》が、また……。

「俺の店にようこそ」

高い天井《てんじょう》に、彼の囁《ささや》きが響《ひび》いた。

「覚悟《かくご》はいいね？」

オレはドキリとしながら彼を見上げる。

店内に灯《とも》されているのは、まるで蠟燭《ろうそく》の光みたいに光量の少ない間接照明だけ。

それに照らされると、ただでさえ彫《ほ》りの深い彼の顔が……まるで神が作った彫刻《ちょうこく》みたいに神々《こうごう》しく見える。

彼の宝石みたいな琥珀色《こはくいろ》の瞳が光を反射して、まるで獰猛《どうもう》な獣《けもの》のそれみたいに煌《きら》めく。

……ああ、彼は本当に王子様みたいに美しくて、でもどこか危険な感じで……。

オレは思わず見とれてしまってから、ハッと我に返る。

……ダメじゃん、オレ！　しっかりしろ！　襲いかかられちゃうぞ！

オレは、自分のふがいなさに、なんだか情けなくなる。彼は残念そうな顔で肩をすくめると、

「惜《お》しい、我に返ってしまったか。愛を確かめ合う時間をできるだけ長くするために、早々に陥落《かんらく》しようと思ったのだが」

……うっ！

「さて、そろそろ夕食にするか。俺のベッドに来るなら、体力を付けておかないともたないぞ」

「体力を付ける必要ない！　お腹《なか》減ってないし！　食べに行くならあんた一人で……」

オレは叫《さけ》ぶけど……。

クウウ〜。

腹の虫は正直で、情けない音を立てて空腹であることを主張してしまう。

……う、信じらんない……！

真っ赤になるオレを見て彼は目を丸くし、それからいきなり可笑《おか》しそうに笑う。

「口だけは強情《ごうじょう》なくせに、おまえの身体は本当に正直だな」

「ううう、うるさい、うるさいっ！」

オレのことをひとしきりからかってから、彼は、奥に通じているらしいドアを示す。

「店の戸締《とじ》まりをして行くから、先に。ダイニングは、中庭を突《つ》っ切《き》った正面だ」

「えっ？　どっか、レストランに食べに行くんじゃないの……？」

……もしかして、食事も作れって言われちゃう？

「……オレ、料理なんか目玉焼きしか作れないけど……それでもいい？」

「おまえみたいなそそっかしいヤツに料理なんか任せられるか。……俺が作る」

彼の高貴で美しいルックスは、一流レストランの最上級の席が似合いそう。だからついレストランで食事、を想像したんだけど。

……その彼が、キッチンに立ってお料理？

「あんた、料理なんかできるの？」

「料理の腕《うで》には自信がある。催淫剤《さいいんざい》を入れたりしないから、安心しろ」

……そんなこと言われると、なんだか逆に疑いたくなるんだけど！

「ああ……おまえには、そんなものは必要ないんだった。なにせ、抱《だ》きしめただけで感じすぎて腰砕《こしくだ》け、だからな」

可笑しげな口調にオレは真っ赤になる。

……うう、本当にイジワルなヤツ！

＊

「……すっごい綺麗……」

店から通じる木の扉《とびら》から出て、中庭を見渡したオレは、思わず呟《つぶや》く。

正面を石造りの建物、両側を高い塀《へい》に囲まれたその中庭は、写真で見たことのある、どこかの王族の別荘《べっそう》のそれみたいだった。

縦長の敷地《しきち》の真ん中に延びるのは、幻想《げんそう》的な睡蓮《すいれん》の花が咲《さ》く細長い池。水が清浄になるように循環《じゅんかん》させているのか、どこかから微《かす》かな水音が響いてくる。

その豊かな水の周りには、美しく計算して植えられた、さまざまな植物が茂《しげ》っている。

夜の空気の中に、緑の葉の放つ、芳《かんば》しい香《かお》りが漂っている。

塀の向こうには、青山の町並みがあり、近くには車の行き交《か》う通りがある。

……だけど、ここは、本当に別世界だ。

池の周囲に置かれた渡り石の上に立ち、オレは夜空を見上げてみる。

頭上にあるのは、スモッグに薄《うす》く曇《くも》った、見慣れた都会の星空。だけどここにいると、天の川までが空気の澄んだ山奥で見るそれみたいに光を強くしているような気がする。

明るい満月の光が、この清浄な庭を照らしている。

オレは目を閉じ、そっと空気の香りを嗅《か》いでみる。

……花と、草と、透《す》き通った水の香りだ。

本当に微かに漂《ただよ》ってくるのは、目立たない塀際で花を付けたツルバラの放つ、未熟な桃《もも》に似た香り。この空気の中だとバラの芳香《ほうこう》はフラワーショップで嗅ぐようなそれより、ずっと澄んだ甘みを帯びているような気がする。

彼が、あの店の中の空気を、あんなに清浄に保ってるわけが、なんだか解《わか》る気がする。

あの空気の中、彼のコロンの香りは、まるで葉の上のできたての夜露《よつゆ》のように純粋《じゅんすい》だ。

森の木々に似た清潔な香りで心を開かせ、堅《かた》い柑橘類《かんきつるい》に似た甘い香りで心を痺《しび》れさせ、そして発情した牡鹿《おじか》のような獰猛な香りで、理性にとどめを刺《さ》す。

……あんなふうに心まで操《あやつ》る香りを作れる彼は、本当にすごい。

オレの心が、ツキンと軽く痛む。

……彼のような才能を持った人と出会えたことは、オレみたいな仕事をする者にとって、きっと最高に幸運なことで……。

思った時、足下《あしもと》を照らしていたオレンジ色の光がふいに消えた。

背後で扉が開く音。そして、夜気の中に、あの芳香がふわりと広がる。

……ああ……。

オレは目を閉じて、彼の芳香を感じる。

……彼のコロン、緑の香りの中で嗅ぐと、なんだか優《やさ》しいイメージに変わる。

「亮介?」

背後から聞こえる、驚《おどろ》いたような声。

「まだこんなところにいたのか」

「庭と月を見てたんだ。綺麗だなって」

庭の美しさに酔《よ》ったオレは、正直にそう言ってしまうけど……。

「嘘《うそ》をつけ。俺が来るのをここで待っていたんだろう? このままベッドまで抱いていってやろうか?」

からかうように言われた言葉に、オレのロマンティックな気分は吹《ふ》き飛んでしまう。

オレは振《ふ》り向き、彼をキッと睨《にら》む。

「お断りっ! せっかく庭の香りを楽しんでたのに、あんたのおかげで台無しだっ!」

……まったく、この男といると、調子が狂《くる》いっぱなしだっ!

＊

「……うわ、これ……」

オレは、ダイニングテーブルに並べられていく料理を見ながら、思わず言ってしまう。

「……本当に、あんたが作ったの？　高級レストランからのデリバリーじゃなくて？」

「この俺が、そんなものを利用するわけがないだろう？」

彼は平然と言い、慣れた手つきで布のナフキンを膝《ひざ》の上に置く。

木と漆喰《しっくい》でできたこのダイニングルームは、フランスの田舎《いなか》にある貴族の別荘のそれみたいに、落ち着けるイメージ。

六人くらい座れそうなどっしりとした木のテーブルには真っ白なテーブルクロスがかけられている。その上に並ぶのは、磨《みが》かれたクリスタルのグラスとシルバーのカトラリー。そして、部屋を照らしているのは、蠟燭《ろうそく》立てに立てられた、揺《ゆ》らめくキャンドルの灯《あか》り。

……う、普段《ふだん》から家の中でコンナモノ使ってるなんて……！

オレは緊張《きんちょう》しながら、ナフキンを二つ折りにして。膝の上に広げる。

砕《くだ》いた氷の敷《し》かれたシルバーの大皿には、いかにも新鮮《しんせん》そうなプリプリとした身の、殻付《からつ》きの生ガキ。

壺《つぼ》みたいな形のスープカップに入れられているのは、クルトンを浮《う》かせたポタージュ。

ふんわりと盛られた、たくさんの野菜。

そして美しい琥珀色《こはくいろ》をした、牛肉のワイン煮込《にこ》み。

香りだけで、またお腹《なか》が鳴りそう。

「何に乾杯《かんぱい》をしようか？」

グラスにシャンパンを注《つ》いでくれた彼が、言う。ちょっとふざけた声で、

「二人が出会えた幸運に？」

……オレにはある意味不運なんですけど！

心の中で言いながらグラスを持ち上げ、

「あなたが、素晴《すば》らしい作品を作ってくれることを祈《いの》って！」

彼は、つまらない、という顔で肩《かた》をすくめ、それからグラスを持ち上げる。

「解ったよ。私の作品の成功と、君の部署の存続と……」

キャンドルの向こう、宝石みたいな琥珀色の瞳《ひとみ》が、セクシーに煌《きら》めく。

「……二人が結ばれる運命であることを、祈って」

オレが驚いている間に、彼はオレのグラスに自分のグラスを当ててしまう。

「わっ、これじゃ、オレまでそう祈ってるみたいじゃないかっ！」

「そういうことにしておけ。……うん、なかなかいい香りのシャンパンが手に入った」

彼は平然と言って、シャンパンの香りを楽しんじゃってる。

……彼みたいなヤツが伝説の調香師《ちょうこうし》だなんて信じられないぞ！

＊

「ここが、俺の調香アトリエだ」

彼が案内してくれたのは、建物の一番奥にある、小さな部屋だった。

壁《かべ》一面に備え付けられた棚《たな》には、精油が入ってるのだろう、遮光《しゃこう》性の小瓶《こびん》が、数え切れないほど並んでいる。

古びた木の机の上には、まるで化学の実験でもするような、フラスコや試験管、そしてスポイトなんかが、綺麗《きれい》に洗われた状態で整然と並んでいる。

「面白《おもしろ》いなあ。新人研修で会社の研究室を視察したことはあるけど……調香アトリエに入らせてもらったのって、初めてだ」

「欲しいコロンに関する注文があれば聞きたい。……ここに座れ」

机の前にあるイスを引いてオレを座らせ、彼は木でできたスツールに腰《こし》を下ろす。

「オレ、香料の名前とか解らないから……」

オレは、棚いっぱいに並んだ精油の瓶を見渡《みわた》しながらちょっと慌《あわ》てる。彼は、膝の上に使い古したノートを広げて、

「専門的な言葉でなくていい。おまえが購買《こうばい》対象にしたい、顧客《こきゃく》のイメージで」

オレは少し考えてから、ノートに目を落とした、目の前の彼を見つめる。

……ルックスだけでいえば、彼はまさにオレのイメージする、いい男そのものなんだ。

「ええと……オレがイメージしてる男は……すごいハンサムで、モデルみたいにスタイルが良

くて、一見紳士《しんし》的だけど冷たくて、でも口を開けばイジワルで……でも……」

彼が鉛筆《えんぴつ》を滑《すべ》らせる、サラサラという音が、部屋の中に響《ひび》く。

その、男らしい彫《ほ》りの深い顔、伏《ふ》せられた長い睫毛《まつげ》は……、

「……ドキドキするほど、セクシーなんだ」

「……で……セクシー……ね」

メモをし終わった彼は、ふいに目を上げる。つい見つめてしまっていたオレは、真っ直《ます》ぐに目を合わせられて、思わずたじろぐ。

「今の理想の男というのは、俺のこと？」

からかうように言われて、オレは真っ赤になる。

「違《ちが》うっ！　違うってば！」

必死で言うオレを見て、彼は可笑《おか》しそうに笑い、それから少し真面目《まじめ》な顔になって、

「俺のコロンがいいと言っていたが、同じ物を渡すわけにはいかない。アレンジを加えたいんだが、何か提案はあるか？」

「う～んと……そうだな……」

オレは少し考えてから、

「うちの部署がイメージしてるのは、『恋人《こいびと》を夢中にさせる香《かお》り』なんだよね。恋人からのプレゼントとしても需要《じゆよう》が伸《の》びるような。だから、男性用コロンに慣れていないような純情な相

手も、うっとりできるようなコロンが欲しい」

「純情な相手か。コロンをプレゼントする、彼の恋人のイメージは？」

「ええと……コロンを付けるようなタイプの男と今まで付き合ったことがなくて、あんまりきつい香りだと気持ちが悪くなっちゃう。大人の彼に合わせようと背伸びをしてるけど、本当はまだキスしかしたことがない。彼のことを考えると、ドキドキしてどうしようもなくなる。彼がそのコロンを付けて抱《だ》きしめてくれたら、それだけで蕩《とろ》けそう」

彼はノートから顔を上げ、ふいに妙《みょう》に優しい顔で微笑《ほほえ》む。

「それも……誰《だれ》かに似ている気がするな」

「えっ？」

「まあいい。初心者にもとっつきやすいコロンね。もう少し甘めがいい？」

「うん。あと、もう少し柑橘《かんきつ》系寄りで切ない感じ。その恋人にとっては、それは初めての本当の恋の香りなんだ」

彼は少し驚《おどろ》いたように目を見開く。

「……恋の香り？」

「うん……そんな感じかな」

彼はオレを真っ直ぐに見つめてから、ふと微笑む。

「今まで俺に依頼《いらい》を持ってきたいろいろな人間の中で、おまえの注文が、一番ロマンティックだな」

……う、ちょっとクサかったかな？

……でも、オレの頭をずっと占《し》めてて、第二企画室《きかくしつ》のメンバーもオッケーを出してくれたのは、そのコンセプトなんだよね。

「あ、そうだ。第二企画室のメンバーから、聞けって言われたんだけど……あんたって、ジョルジョ・ダニエリさんと知り合い？　ほら、あの『NOIR』とか『VINO ROSSO』とかのフラコンのデザイナー！」

「ジョルジョ・ダニエリ？　もちろん、知り合いだが……」

「ええと。不可能ならいいんだけど……もし商品化が決まったら、フラコンのデザインをジョルジョ・ダニエリさんに頼《たの》むことってできると思う？」

「ジョルジョに？」

「うん。イタリア人ならイタリアにいるだろうし。忙《いそが》しいだろうし。無理ならいいんだけど……彼のフラコン、すごく綺麗だから」

二人も有名人を使うなんて無理だよね、と思いながら言うけど……彼はあっさりと、

「今まで俺が調香した香水は、すべてジョルジョのデザインしたフラコンに入れている。もしも今回のコロンが採用されたら、ジョルジョにフラコンのデザインを頼みたい、と俺から提案するつもりだったのだが」

……嘘《うそ》！　なんてラッキーなんだ！

「明日は土曜日だ。久々にジョルジョのところにでも行こうかと思っていた。……それならおまえも来い。彼に紹介《しょうかい》する」

「へっ？　ジョルジョさんって、イタリアに住んでるんじゃないの？」

……週末に、イタリアまで？

「いや。彼が住んでいるのは軽井沢《かるいざわ》だよ」

……げ、案外近い……。

「せっかくだからおまえも来い。決めたコンセプトを、おまえから話してもらえるとありがたい」

「あ……うん。それならぜひ……」

……うわ。そんな有名人に会わせてもらえるなんて、そんなラッキーでいいのかな？

「では、さっさとコンセプトをまとめよう」

彼は、鉛筆を構え直して、

「……逆に、避《さ》けたいイメージは？」

鼻の奥に、ある嫌《いや》な思い出がよぎった。

「あのね、去年、グラン社の創立百周年記念に百本限定で発売された、『CENT《チエント》』っていうコロン知ってる？　バカラが特別に作った瓶……じゃなくてフラコンに入ってて、一本が二十万円くらいする、すんごいやつ」

「……もちろん、知っているが……？」

「あんたなら知ってると思った。……オレ、あの香りがものすごく苦手なんだ」

「……え？」

彼は、そのハンサムな顔に似合わない妙に驚いた表情で、オレの顔を見つめる。

……まあ、オレみたいな庶民《しょみん》がそれを嗅いだことがあるなんて、驚いて当然だけど。

「オレが前にいた、第一企画室の室長がコネを利用して手に入れて、自慢《じまん》げにいつも付けてたんだ。フラコンを見せびらかすために、わざわざ会社に置いて吹《ふ》き付けまくってた」

「……『CENT』を？」

「うん。あんな高いコロンを、嫌味だろ？　オレ、その室長がすごく苦手で。だからあの香りもちょっとダメになっちゃって。まあ、彼はほかにも匂《にお》いのきつい整髪料《せいはつりょう》とか制汗剤《せいかんざい》とかも使いまくってたから、その香りが混ざったせいもあるかもしれないけど」

思い出すだけで、胸の奥がムカムカする。

「あれと似た香りだけは勘弁《かんべん》して」

「……俺のコロンと似ていて、『CENT』とは似ていないコロン……」

「難しい？　あ、あれもちょっと爽《さわ》やか系で、あんたのそのコロンと共通するところがないでもないもんね。でも、あんたのコロンとは全然違うよね」

彼は黙《だま》ったまま、オレを見つめてる。

「オレにとって、室長のコロンはストレスの象徴《しょうちょう》、そしてあんたのコロンは甘くて危険な恋の香り、ってイメージだよ」

彼は黙ったままオレを見つめ、それから、ふとセクシーな顔で微笑む。

「解った。新しい恋の香りを作ろう」

彼の言葉にオレは不思議なほど安心する。

＊

時計を見ると、もう夜中の二時。

彼は、調香《ちょうこう》アトリエに籠《こ》もったまま、まだ出てこない。

オレがいるのは、彼のベッドルーム。

大理石の床《ゆか》、高いドーム状の天井《てんじょう》の真ん中には、星を透《す》かす天窓。彼のお店と共通したイメージの、広い広い部屋だ。

置かれている家具は、いい感じに古びた飴色《あめいろ》のアンティークばかり。オレがいるキングサイズのベッドも、シンプルだけど重厚《じゅうこう》で、まるで王侯《おうこう》貴族のそれみたいだ。

ドアの向こうから、彼の足音が近づいてくる。寝室《しんしつ》の前で止まり、ドアが開く。

オレは慌《あわ》てて目を閉じ、寝《ね》たフリをする。

部屋を横切ってくる彼の足音、ベッドが揺《ゆ》れて、彼が隣《となり》に滑《すべ》り込んできた気配。

シャワーを浴びてきたらしく、控《ひか》えめなシャンプーの香りがする。それに混ざるのは、あの、セクシーな彼の香り。

「……眠《ねむ》れないのか？」

いきなり言われて、オレは思わず目を開けてしまう。

「オレがタヌキ寝入りだって、どうして解《わか》ったんだよ？」

言うと、彼はクスリと笑い、

「カマをかけただけだ」

……げ、引っかかってしまった……！

「それに、こんなハンサムな男と二人きりになれるというのに、早々眠れるわけがない」

「……へっ？」

「恥《は》ずかしがらなくていい。おいで」

「……はあっ？」

毛布の下、いきなりキュッと抱《だ》き寄せられて、オレの頬《ほお》がカアッと熱くなる。

「離《はな》せっ！　抱きしめるなっ！」

「抱き枕《まくら》を抱くのは当然だろう？　その初々《ういうい》しい反応では、キス以上は未経験だな？」

「うっ、ち、違《ちが》うってば……！」

……ほ、本当は図星だけど……最初はキスの復習からにしてやるから
「心配しなくていい。……最初はキスの復習からにしてやるから」

「……えっ？」

驚いているうちに、彼の顔がどんどん近づいてくる。

「……や、やめ……」

逃《に》げなきゃ、と思うけど、動いた拍子《ひょうし》にふわりと彼の香《かお》りが鼻孔《びこう》に届いて……。

……ああ……。

脳の活動が麻痺《まひ》して、目の前がふわんと曇《くも》るような気がする。

……ああ……本当にいい香り……。

身体《からだ》からふわりと力が抜《ぬ》ける。

「……あ……」

オレの指が、まるですがるみたいに彼のパジャマの布地を握《にぎ》りしめてしまう。

彼は少し驚《おどろ》いたみたいに目を見開き、それからものすごくセクシーな目でオレを見る。

「どうした、そんなにすがり付いてきて。キスが待ち切れないか？」

……うっ……！

……この体勢じゃ、まるで早くキスしてって言ってるみたいじゃないか！

「……ち、ち、ちが……っ！」

オレは慌ててパジャマを離して身を起こし、彼の腕《うで》をすり抜けてベッドの上をお尻《しり》で後ずさる。だけど背中が漆喰《しっくい》の壁《かべ》に当たってしまい、もうそれ以上は逃げられなくなる。

「ほら、どうした？」

身を起こした彼がイジワルに言って、オレの肩《かた》の両脇《りょうわき》の壁に両手をついてしまう。

「……うっ！」

「逃げないのか？　ん？」

「に、に、に、逃げたいさ！　だけど！」

彼はふいに身を屈《かが》め、オレの耳元に口を近づける。

「……じゃあ、どうして本気で逃げない？」

耳元の髪《かみ》を揺らす、彼のあたたかい息。

腰砕《こしくだ》けになりそうなほどの、よく響《ひび》く、すごい美声。

そして……。

「……あっ……」

鼻先で香るのは、彼のコロン。

身体が、ジワリと熱を上げてしまう。

「……ちが……」

彼はゆっくりと身を起こし、鼻先が触《ふ》れそうなほどの距離《きょり》でオレを見つめる。

「……キスをする。最後の抵抗《ていこう》をするのなら今だぞ」

「……あ……」

その、めちゃくちゃ強引《ごういん》で失礼な言葉とは似合わない、めちゃくちゃ甘い声。

オレはもう指一本動かせずに、彼の顔を睨《にら》み上げることしかできない。

「……抵抗できないのなら、降参して目を閉じろ……」

まるで催眠術《さいみんじゅつ》みたいな静かな声。

瞼《まぶた》が、勝手にふわりと閉じてしまう。

……ああ……これじゃまるでキスを待ってるみたいじゃないか……！

なのにオレは、そのまま逃げることもできなくて。

……ああ、ヤバいよ……！

焦《あせ》ってるオレの唇《くちびる》にそっと重なってくる、柔《やわ》らかな彼の唇。

……あ……！

軽く触れられただけで、オレの身体から、ふわりと力が抜ける。

そのままついばむようにキスをされ、オレはなにもかも忘れて彼の腕にすがり付く。

何度もキスをし、やっと唇を離した彼は、満足した獣《けもの》みたいな顔でクスリと笑う。

「抱き心地《ごこち》は最高だし、感度はいいし」

……うっ！

「最高の抱き枕を手に入れたな」

……うわあん、オレはもうサイアクだよ！

＊

彼の車は、銀のベンツのコンバーチブル。

木漏《こも》れ日《び》の中を、彼の美しい車は進む。

「……あ……」

いきなり視界が開け、目の前に、まるでイギリスの田舎《いなか》にでもありそうな石造りの屋敷《やしき》が現れる。ふんわりとしたイエローベージュは、確か、ライムストーンとかいう石。結構、本格的に作られた建築なんだろう。

車のエンジン音が消えると、オレたちは静寂《せいじゃく》に包まれる。

「この先だ。降りて」

ドアが開くとふわりと樹《き》の香りに包まれる。都会の汚《よご》れた空気にさらされて熱くなった身体が、すうっと冷えていくみたい。

「……いい香り」

杉《すぎ》の樹皮の少し甘い香り、緑の松葉のスッと鼻の奥が冷やされるような匂《にお》い。

それに混ざって、どこかから、花の香りがする。

よくフラワーショップに並んでいるような豪華《ごうか》な花束のそれとは違う、桃《もも》の香りが混ざったような爽《さわ》やかな感じの……。

「……バラ……？」

見回すけど、森の中には、もちろんバラの花なんか見当たらない。

「屋敷の裏手にバラ園があるんだ」

屋敷の前の道は、まるで馬車でも通りそうな、四角い石を自然な感じに敷《し》き詰《つ》めた道。

松葉がふんわりと積もったそこを歩いていくと、一歩ごとに芳《かんば》しい香りが立ち上るみたいで、すごく気持ちがいい。

「革靴《かわぐつ》では滑《すべ》る。気を付けて」

「え？　あっ！」

靴の下で松葉がスルンと滑《すべ》り、オレは転びそうになる。

「言ったそばからこれなんだから」

彼はあきれたような声で言って、オレの背中に手を回して支えてくれる。

「転ばないように支えてやる。抵抗するな」

その手の感触《かんしょく》はなんだか優《やさ》しくて……オレは不覚にもちょっとドキドキしてしまう。

……なんでドキドキしてるんだ、オレ？

さらさらと揺《ゆ》れる葉擦《はず》れの音に混じって、たくさんの鳥の声が聞こえる。

オレはしばらく聞き惚《ほ》れてしまう。

「鳥の声なんか……久々に聞いたかも」

葉陰《はかげ》に目を凝《こ》らしながら、

「都会で聞ける鳥の声っていったら、カラスとスズメくらいだもんな」

うっとりと上を見上げて歩くオレの脇《わき》の草むらが、いきなりザザッと揺れる。

「わっ、なんだっ？」

イノシシかなんかが飛び出してくるところを想像しちゃったオレは、慌《あわ》てて飛び退《の》く。

「とうっ！」

勇ましい声と共に道に飛び出してきたのは、イノシシ……じゃなくて、まだ幼稚《ようち》園生《えんせい》くらいのお子様だった。

ところどころわらの飛び出した大きな麦《むぎ》わら帽子《ぼうし》、洗いざらして首の伸《の》びたTシャツ、色あせたブカブカのジーンズ生地《きじ》のオーバーオールが……まるで童話に出てくるトムソーヤー（のさらに幼少時代？）みたいだ。

「タカーキィ！　タカーキィーッ！」

ナゾの言葉を叫《さけ》びながら、オレの隣《となり》に立つ西園の脚《あし》にいきなり抱《だ》き付く。

「久しぶりだな。ルーカ」

西園が言って、彼の大きすぎる麦わら帽子を取り上げる。

その下から現れたのは、艶々《つやつや》した黒い髪、くるっと丸い大きな黒い目、陽《ひ》に灼《や》けた頬《ほお》、つんと上を向いた鼻。

お人形みたいに整っためちゃくちゃ可愛《かわい》い顔で……どこか欧米《おうべい》から来た子だろう。

「ちょっと見ない間に、でかくなったなぁ」

西園の大きな手が、ルーカと呼ばれたその子の髪をクシャリと撫《な》でる。

笑った西園の目が、オレに向けられるものよりもずっと優しいように見えて……オレの心が、なぜかちくりと痛む。

……オレにはバカにしたような顔で、イジワルことばっかり言うくせに……！

オレは思ってしまってから、一人で驚《おどろ》く。

……あれ？　なんでこんな気分になってるんだろう？

「亮介、これはルーカ・ダニエリ。ジョルジョ・ダニエリの息子《むすこ》だ」

「息子？　こんな小さな息子さんがいるってことは、ジョルジョさんって……？」

勝手にベテランのおじいさんを想像していたオレは、少し驚いてしまう。

「やあ、タカアキ。久しぶりだね」

後ろから聞こえた声に振《ふ》り向くと、そこに立っていたのは、すらりと背の高い、美しい黒髪《くろかみ》の男の人。

歳は西園と同じくらいかな？　この人に子供が？　って不思議に思っちゃうくらいに若くて中性的な……すごい美人だ。

「パパー！」

ルーカが西園の手をすりぬけて、彼の脚にしがみ付く。彼は笑いながらオレを見て、

「タカアキから電話をもらいました。あなたが、カガワ・リョウスケくん？」

「そ、そうです。あの……？」

「僕は、ジョルジョ・ダニエリ。タカアキにこき使われている、ガラスデザイナーです」

＊

オレとジョルジョさんは庭を見渡《みわた》せるテラスでエスプレッソを飲んでいる。

芝生《しばふ》の向こうの木々の間に、ゆっくりと歩く西園の姿が見え隠《かく》れしている。

彼の立ち姿はすらりとして本当に優雅《ゆうが》で、横顔は丹念《たんねん》に彫《ほ》り込まれた彫刻《ちょうこく》みたいに本当にハンサム。

……こうして遠くから見ると……。

オレは、すごくいい香《かお》りのエスプレッソを舐《な》めながら、思う。

……めちゃくちゃ美しい男なんだよなぁ。

林を歩く彼の姿は、そのままモノクロのグラビアにしてもおかしくないほど恰好《かっこう》いい。

足下《あしもと》にじゃれつくルーカを軽々と抱き上げ、そのまま肩車《かたぐるま》をする。

「彼が本当に世界的に有名な調香師《ちょうこうし》だなんて、なんだか信じられません」

オレは、思わず言ってしまう。隣に座ったジョルジョさんが、

「調香師というと、気むずかしい職人肌《しょくにんはだ》というイメージがあるものね。彼はそれにはあてはまらないよね」

「ええ……それに、あんなイジワルな人が、あんなにいい香りを生み出すなんて」

ジョルジョさんは楽しそうに笑って、

「それは言えるね。僕も同感だ。でも」

彼は、なんだか優しい目をして、西園を見つめる。

「彼がやると言ったのなら、本当に良い作品ができるよ」

「そうでしょうか？」

「うん。あとね」

彼はイタズラっぽい顔で笑い、オレの耳元に口を近づける。

「……彼は、君に、信頼《しんらい》以上の感情を抱《いだ》いているように見える」

「……えっ？」

「彼は、君を、好きなんじゃないかな？」

「……う……まさか……」

オレはなぜか赤くなってしまう。

「彼が、君のために作る香りなら、成功するに決まっているよ」

……なんで、嬉《うれ》しくなってるんだ、オレ？

＊

……ああ、オレのバカ！

ベッドの隅《すみ》っこで丸くなりながら、思う。

……なんで、こんなにドキドキしちゃってるんだよっ？

それもこれも、ベッドルームに漂《ただよ》っている、彼のコロンの香りが悪くて……！

オレは、一人で真っ赤になりながら思う。

……それに、ジョルジョさんが、あんなことを言うから……！

「……うう……ん」

すぐそばで聞こえる寝《ね》ぼけた声。

彼が寝返りを打った証拠《しょうこ》にベッドが揺れて、そのままオレは……。

「……うっ!」

逞《たくま》しい腕《うで》が、後ろからオレを引き寄せた。

そのままキュッと抱きしめられて、オレの周りの空気に、彼のコロンの香りが満ちる。

……この体勢、ヤバすぎる!

背中に押し付けられている彼の身体《からだ》に、ますます彼のコロンを意識してしまう。

……多少身長と筋肉が足りないにせよ、オレだって立派な男だし!

……男の腕なんか振りほどかなきゃ!

なのに、彼の香りに包まれているだけで、身体が甘く痺《しび》れて言うことをきかない。

それどころか、壊《こわ》れそうに鼓動《こどう》が速い。

……ああ、どうして……?

「……亮介……?」

耳元で聞こえたのは、寝言みたいにかすれた声。

その声がまた、妙《みょう》にセクシーで。

……起きてるの? それとも寝言?

「感じすぎて眠《ねむ》れないのなら、すぐにしてやるから、素直《すなお》にそう言え」

……えっ?

「そうでないなら、さっさと寝ろ。寝坊《ねぼう》して明日の会議に遅刻《ちこく》するぞ」

笑いを含《ふく》んだその声に、オレは彼が寝ていなかったことを知る。

……チクショ、オレをからかうために、わざわざ後ろから抱きしめたんだなっ？

オレは彼の腕を振り払《はら》って、ベッドの反対端《はじ》まで寝返りを打つ。ヤケクソで、スースー、と寝息を立ててみせ……でも、そのうちに本当に眠ってしまい……。

西園孝明

俺は、天下太平な顔で眠る彼を見下ろしながら、ため息をつく。

……なんて罪な子なんだ……。

最初、ベッドの向こう側の端ギリギリに小さくなっていた彼は、そのうちにこちらに寝返りを打ち、人の体温が恋《こい》しいのか、いつの間にか甘える仔猫《こねこ》のように抱《だ》き付いてきた。

今は俺の胸に顔を埋《うず》めて眠っている。

伏《ふ》せられた彼の睫毛《まつげ》は、パサパサと不揃《ふぞろ》いで、うっとりするほど長い。気が強そうにきりりとした眉《まゆ》と、気位が高そうな鼻筋が、跳《は》ね返《かえ》りで真《ま》っ直《す》ぐな彼の性格とよく合っている。

その高貴な目鼻立ちのバランスを、ふっくらとした唇《くちびる》がわずかに崩《くず》している。

柔《やわ》らかそうなその唇は、まるでキスをねだるようだ。

少し開いた唇の間から、真珠《しんじゅ》のような前歯が、ほんの少し覗《のぞ》いていて……。

……まったく……。

……ああ……。

俺の身体に、彼とのキスの記憶《きおく》が甦《よみがえ》る。

その唇は、見た目よりもさらに柔らかい。

に熱くなる。

体温が低いのか、触《ふ》れた瞬間《しゅんかん》は微かに冷たいその唇が、キスを繰《く》り返すにつれ、燃えるよう
パジャマの襟元《えりもと》から、金色に陽灼《ひや》けした、滑《なめ》らかそうな肌《はだ》が、覗いている。

そしてベッドルームの空気の中に、初めて会った瞬間にも感じた香りが広がっている。

艶《つや》のある黒い髪《かみ》からふわりと立ち上る、気が遠くなりそうに甘い、彼の香り。

それは俺の欲望を容赦《ようしゃ》なく揺《ゆ》り起こし、炎《ほのお》のように燃え上がらせ……。

……まるで拷問《ごうもん》じゃないか……

彼はコロンなど付けないようだが……彼の艶やかな髪や、しなやかな身体からは、いつも、
甘く、切ない、芳《かんば》しい香りがした。

その香りは、俺にとって、理性のすべてを失いそうな、恋の香り。

……触れたい。

……奪《うば》ってしまいたい。

俺は、本気でそう思ってしまう。

……ああ、本当にこれは、拷問だ。

俺はため息をつき、彼を起こさないようにしてそっとベッドから滑《すべ》り下りる。

……だが、今の俺にできるのは、彼のために香りを調香することだけだ。

俺は調香アトリエに向かい、そのまま、朝まで調香に没頭《ぼっとう》した。

「……というわけで、男性用コロンは、これから需要《じゆよう》が伸《の》び、大ヒットの生まれる可能性の高い分野だと考えられます」

週明けの月曜日。月曜日恒例《こうれい》の社長会議。

丸テーブルについているのは、社長と副社長、専務、常務。そして第一企画室《きかくしつ》の金森室長と、我が第二企画室の成田室長。

発言権のない見学者、とばかりに壁際《かべぎわ》に並べられたイスに、第一企画室のメンバーと、第二企画室のメンバーが座っている。

成田室長は、週末のうちにまとめておいてくれた（さすがだ！）意識調査と香水《こうすい》の売り上げに関する資料を、ぱたんと閉じる。

「第二企画室は、鳳生堂で新しい男性用コロンを作ることを提案いたします」

成田室長の言葉に、頭の固《かた》い取締役《とりしまりやく》たちは渋《しぶ》い顔で囁《ささや》き合っている。

「男性用のコロン、ねぇ」

「鳳生堂の歴史の中では一度も出したことがないし、あまり想像ができませんなぁ」

「金森くんの女性用香水の企画の方が現実的かもしれませんねぇ」

嬉しそうな顔で見ていた金森室長が、ここぞとばかりに身を乗り出す。

「成田室長。さきほど、うちの研究室の調香師は使わないとおっしゃいましたが、どこの調香師に依頼《いらい》するおつもりですか？　海外の調香師に頼《たの》むのなら、経費と時間がとてもかかりそうですが？」

成田室長は、肩《かた》をすくめて、

「ご心配なく。我々が依頼をしようとしている調香師は、青山に香水店を出している方です。調香料は現在打ち合わせ中ですが、社内の調香師に依頼する際の特別手当と同程度の、平均的な額で収まる予定です」

「日本人の調香師？　青山にいる？　いったい、どこのドシロウトをつれてくるおつもりなのですか？」

金森室長は、わざとらしい声で叫《さけ》ぶ。

横に座っている第一企画室のメンバーも、小馬鹿《こばか》にしたように含み笑いをする。

……まったく、あんな部署で満足してたオレって、ホント、どうかしてた！

オレは膝《ひざ》に置いた手を、キュッと拳《こぶし》に握《にぎ》りしめながら思う。

……異動になる原因を作ってくれた金森室長に感謝したいくらい、ヤな部署だぞ！

社長と副社長も、なんだか不安げな表情になって顔を見合わせる。

「青山に店を出しているなんて、女性向けの調香アトリエの調香師だろう？」

「そんな人間に、この歴史ある鳳生堂の商品を任せるというのは、どうかと思うな」

二人は、今にもオレたちの企画をボツにしそうな口調で言う。

成田室長は、発表してもいいかな、と確認《かくにん》するように、オレの顔をチラリと見る。

……本当は、敵の金森室長にはギリギリまで秘密にしておきたかったけど……。

……どうせ、すぐに知られるんだし……。

オレは思いながら、成田室長に向かってうなずいてみせる。

彼はチラリと笑ってから、社長と副社長の方を向く。

「『NOIR』、『VINO ROSSO』という男性用のコロンは、もちろんご存じですね？」

社長と副社長は、当然だ、という顔で、

「もちろんだ。最近の男性用コロンの中では群を抜《ぬ》いてヒットした商品だからね」

「ヒットしただけでなく、作品としての出来も最高だった。確か、それを作った調香師はフランスで賞も取ったし」

二人の言葉に、成田室長はうなずき、

「私たちが調香を依頼しようとしているのは、その二つのコロンの作者、世界的調香師である、タカアキ・ニシゾノです」

社長は驚《おどろ》いた顔で金森室長の方を見る。

「タカアキ・ニシゾノは、連絡先《れんらくさき》が解《わか》らないので仕事の依頼は無理だ、君からはそう報告を受けているが？」

「え、ええ……確かに、二年前にどこかに姿を消し、特別に親しい会社以外は、一切《いっさい》仕事の依頼ができない状態で……」

金森室長は呆然《ぼうぜん》と言い、それから怒《おこ》ったような顔で成田室長を睨《にら》む。

「本当に、彼なのか？　彼はそうそう簡単に仕事は受けないぞ」

成田室長は涼《すず》しい顔で肩をすくめる。

「うちの香川くんが、タカアキ・ニシゾノを捜《さが》し出し、仕事の依頼ができるように取りはからいました」

社長と副社長、そして取締役の間に、賞賛するようなざわめきが漏《も》れる。

「それはなかなか優秀《ゆうしゅう》な社員だな」

社長の言葉に、成田室長はうなずき、さりげなくオレを示すようにする。

面と向かって口を利《き》いたこともないような雲の上の人々、社長や副社長や取締役たちに振《ふ》り向かれ、オレはちょっと照れる。

「ええ。あんなに優秀な彼を、うちの部署に異動させてくださった金森室長には、いつも感謝しているんですよ」

丁寧《ていねい》な口調が、相手を小バカにしているように聞こえる。いつも気取った金森室長が青ざめるのを見て、彼にまだちょっと恨《うら》みのあるオレは、妙《みょう》に胸のすく思いだ。

……これで、コンペに勝って、コロンが大ヒットすれば、言うことない！

「双方《そうほう》の傾向《けいこう》はよく解った。……コンペティションは、四日後だ。それまでに香水のサンプルはできるんだろうね？」

社長の言葉に、第一企画室の金森室長、そして第二企画室の成田室長が、しっかりとうなずく。

第一企画室の企画した女性用香水も、すごく売れそうなコンセプトだったし、金森室長が調香を依頼するはずの社内の研究室のメンバーは、すごく優秀だ。

……だけど西園が頑張ってくれれば、きっと素晴《すば》らしいコロンができるはず。

……そして、オレたちは勝てるはず。

オレは膝の上で、そっと拳を握りしめる。

彼のコロンが完成するのが、楽しみだ。

＊

会議の後。第二企画室のみんなとプレゼンテーション用の資料を作っていたら、遅《おそ》くなってしまった。

西園が夕食の時間と指定したのは夜の八時だったのに、もう四十分も遅刻《ちこく》。

遅《おく》れたら会社まで迎《むか》えに行ってやる、とか脅《おど》されたオレは、慌《あわ》てて会社のエントランスから走り出る。

……あんな目立つ男に来られたら、社内のみんなになんて言われるか解らない！

……しかも、彼みたいなハンサム、きっといろんな子に一目惚《ひとめぼ》れされる。

……彼の、次の抱《だ》き枕《まくら》候補になりそうな美人だって、社内にはたくさんいるし……。

オレの心が、なぜかズキンと痛む。

……なんで嫌《いや》がってるんだ、オレ？

……別に、彼が次に誰《だれ》を抱き枕にしようが、オレには関係ないことで！

思うけど、なぜか心はざわめいてしまう。

……ああ、オレ、どうかしてるよ！

両手で自分の頬《ほお》を叩《たた》いたオレを、

「香川くん！」

後ろから、誰かの声が呼び止めた。

……この声は……！

オレはその場に硬直《こうちょく》する。

「話があるんだ、いいかな？」

後ろからふわりと流れてきたのは、第一企《き》画《かく》室《しつ》にいる頃《ころ》には毎日嗅がされていた憶えのある、クドい香《かお》り。

……うぐっ。このコロンは、金森室長。

このコロンの香りを思い出すだけで、今でもストレスで胃が引っくり返りそうになる。

オレはできるだけ彼の香りを嗅がないようにしながら、ゆっくりと振り向く。

そこに立っていたのは、やはり金森室長。

結構ハンサムだと社内で噂《うわさ》されてて、いつも身だしなみにめちゃくちゃ気を遣《つか》っているけど
……彼はいつもどこか下品なんだ。

……この人って、ホントに西園とは、正反対のタイプだな。

オレは、目の前の顔を見ながら、つい思ってしまう。

西園は、身だしなみにもたいして気を遣ってないみたいだし、言葉遣いだって乱暴。

だけど彼には、どんなにさりげなくしていても、滲《にじ》んでしまう高貴さがある。

彼の超絶《ちょうぜつ》ハンサムな顔を見慣れたせいか、この人がますます嫌らしい感じに見える。

「君が、あのタカアキ・ニシゾノを捜し当てたというのは、本当か？」

「……ええ、まあ」

オレは、やっぱりその話か、と思いながら、曖昧《あいまい》に答える。

……彼の店の場所を聞き出して、抜け駆《が》けしようとしてるのかな？

……教えるもんか！　適当にごまかして、さっさと帰ってやる！

「……でも、彼のお店の場所は、彼の許可をいただいてからでないと……」

「……どんな手を使って、彼に仕事を依頼《いらい》したんだ？」

「……は？」

覗《のぞ》き込んできた金森室長の顔は、なんだか怖《こわ》いほど思い詰《つ》めているように見えた。

「……彼と、寝《ね》たのか？　身体《からだ》を使って、彼に依頼を承諾《しょうだく》させたのか？」

確かに、抱き枕になるという条件は呑《の》んだ。でも、それは彼が（冗談《じょうだん》半分で？）提示してきたものだ。オレが彼を誘惑《ゆうわく》して、無理やり仕事の依頼を受けさせたわけじゃない。

でも、金森室長の目には、嫌らしい光が浮《う》かんでいた。

あの男と寝たんだな、って言われてるみたいなその視線が耐《た》えられない。

「違《ちが》います。彼とは香水《こうすい》に関する感覚が合っていて、それで意気投合しただけです」

オレは、きっぱりと言ってやる。

……この点は、一応嘘《うそ》じゃないし。

これで納得《なっとく》してくれるよね、と思ったオレは、彼の目が獰猛《どうもう》に光ったことに驚く。

「許さないぞ。私が誘《さそ》った時には、あんなに拒《こば》んだくせに。第二企画室のメンバーのためにならど、どうして……？」

彼は言いながら、いきなりオレの二《に》の腕《うで》を摑《つか》む。すごいバカ力で引き寄せられて、オレは倒《たお》れ込むようにして彼に抱きしめられる。

「……香川くん！　好きなんだ！　私を受け入れてくれるのなら、今すぐに第一企画室に異動させてやると、何度言ったら解る？」

オレの心臓が、ズキリと痛んだ。

……そうだ、オレが第二企画室に異動になったのは……。

硬直したオレを、彼の腕がぎゅうぎゅうと抱きしめる。

汗《あせ》の臭《にお》い、振りまきすぎたコロン、整髪料《せいはつりょう》。彼が使ってるのであろう様々なきつすぎる香料が、入り混じってオレの鼻孔《びこう》を襲《おそ》う。

そしてこの香りは、オレの一日でも早く忘れたい体験と、密接に繋《つな》がっていて。

……嫌だ……。

激しい吐《は》き気《け》が、オレの胃を襲う。

「はな……離《はな》してください……」

いきなり全身から血の気が引いて、目の前が暗くなる。

……ヤバい……。

これは、血圧の低いオレには慣れた感覚だったけど……まさか、こんな時に貧血《ひんけつ》になるなんて……！

「……香川くん、今夜、このまま私のものになるんだ」

彼の腕が、嫌らしい動きでオレの背中を撫《な》でる。

「そうしたら、明日には君は第一企画室に異動だ。西園孝明との仕事は、私が引き継《つ》ぐから、安心したまえ」

……そんな……！

彼が囁《ささや》き声で言い、道路に向かって片手を上げる。ちょうど通りかかったタクシーが、オレたちの前に静かに停《と》まる。

ドアが開き、彼が、オレをタクシーの中に押し込めようとする。

抵抗《ていこう》しなきゃ、と思うけど、吐き気と貧血のせいで、意識までが遠のきそうで。

「……イヤです、室長……！」

「おとなしくしなさい。悪いようにはしないから」

「……は、離してください……！」

オレの鼻の奥に、西園の芳《かんば》しいコロンの香りがふとよぎった気がした。

……助けて、西園……！

心の中で叫《さけ》んだ時、

「何をしているんだ？」

背後から聞こえてきたのは、オレが心の中で待ちこがれてた、あの声。

……西園……？

金森部長は、オレを車に押し込もうとしながら、うるさそうに振《ふ》り向いて、

「放《ほう》っておいてく……ああっ！」

驚《おどろ》いたように叫んで、オレから手を離す。

「に……西園孝明……さん？」

信じられない、というような度肝《どぎも》を抜《ぬ》かれた声で叫ぶ。

「あなたは確か……鳳生堂第一企画室の、金森さんでしたね？」

金森は、

「憶《おぼ》えていてくださったんですか？」

「ええ、まあ。それより、何をしているんです？　傍《はた》から見ると、嫌がる青年をイタズラ目的で無理やりタクシーに押し込もうとしているようですよ」

彼の低い美声には、なんだかものすごく怒《おこ》ったような、獰猛な響《ひび》きがあった。

「親しい友人である香川くんに、もしそんなことをするつもりなら……俺はあなたを殴《なぐ》らなくてはなりませんが？」

言葉の最後は、ものすごい迫力《はくりょく》で。鈍感《どんかん》な金森もそれに気づいたのか、

「ま、まさか。違いますよ！　あはは！」

「ああ……タクシーを停めておいてくれただけですね。ちょうど香川くんを迎《むか》えに来たところだったんです。気が利《き》くな」

ふわり、と西園のコロンが香り、オレの身体が、しっかりと別の人間に抱《だ》き直される。その

まま優《やさ》しくタクシーのシートに座らされ、隣《となり》に誰かが滑《すべ》り込んでくる。

「それでは失礼します、金森さん。……ああ、それから……」

彼は、挑《いど》むような低い声で、

「……コンペティションでは負けませんので、そのおつもりで」

言って、タクシーのドアを閉める。

オレを包み込む西園の清浄《せいじょう》な香りが、オレの胃のムカつきを優しく鎮《しず》めてくれる。

オレは、危機から救ってくれた西園のことを、不覚にも白馬の騎士《きし》みたいに頼《たの》もしく感じてしまい……しかも、半端《はんぱ》じゃなくドキドキしてしまって……。

……恋《こい》する乙女《おとめ》じゃないんだから！

オレは必死で寝たフリをしながら思う。

……こんなにドキドキしてどうする？

＊

「入社してすぐ、第一企画室に所属になったオレは、あの金森室長に目を付けられ、しつこくつきまとわれてたんだ」

彼の家のリビング。

大きなソファに座ったオレは、窓から見える月明かりの中庭を見つめたまま、告白する。

「ずっとシカトしてたけど、ある日、残業していたオレに彼が襲いかかってきた。おとなしく抱かれないと次の企画は通さない、とか言いながらね」

彼の秀麗《しゅうれい》な眉間《みけん》に深いシワが刻まれる。

「……最低の男だな……」

「だろ？　絨毯《じゅうたん》の上に這《は》いつくばらされて、ワイシャツは破かれるわ、パンツは下ろされかけるわで、屈辱感《くつじょくかん》で死ぬかと思った。危ないところで分厚いファイルで殴って逃《に》げて」

彼の顔に、オレの怖《こわ》さを理解してくれたような、ものすごくつらそうな表情が浮かぶ。

「次の日、オレははみ出し者の部署と言われてた第二企画室に異動になった。それ以来、抱かれれば第一企画室に戻《もど》してやる、って彼にことあるごとにせまられるんだ。オレ……」

オレは、あの時のことを思い出して、震《ふる》えるため息をつく。

「襲われかけた時に間近で嗅いだ、彼の香《かお》りが忘れられない。思い出すだけで身体《からだ》が震えて、血の気が引いてしまう。だから……『CENT』の香りが、苦手なんだよね」

「……亮介……」

彼の手が、ふわりとオレを抱きしめる。

「……怖かっただろう、可哀想《かわいそう》に」

彼が、オレの髪《かみ》にそっと口づける。

「そんな男の香りなんか、忘れてしまえ」

その声が、ものすごく優しくて、オレは不覚にも泣いてしまいそうになる。

……だって、こんなみっともない話、今まで誰《だれ》にもできなくて……。

彼は身を起こし、オレの顔を見つめる。

「そんな顔をするな。俺が、新しいコロンを作ってやると言っただろう?」

「……あ……」

「おまえの理想の恋人に相応《ふさわ》しい香りだ。おまえにとっての、本当の恋の香りだよ」

「……う……うん……」

彼の視線は、まるで包み込むみたいに優しくて、オレはもう我慢《がまん》できずに涙《なみだ》を溢《あふ》れさせてしまう。

「……嬉《うれ》しい……あんたに会えてよかった」

「……亮介……」

彼が身を屈《かが》めて、涙に濡《ぬ》れて震えるオレの唇《くちびる》に、そっとキスをしてくれる。

「……ん……」

それは、包み込むような優しいキス。

その慰《なぐさ》めるような感触《かんしょく》に、オレの心はゆっくりと癒《いや》されていき……。

＊

「なんでこの仕事をしようと思ったの？」

彼のベッドの上。オレは、優しい彼の腕《うで》に抱かれたままで聞く。

「ジョルジョさんからちょっと聞いちゃった。あんたが生まれた、グラースって確か、有名な香水《こうすい》の街だよね？　そのせい？」

「それもあるが……」

彼は言って、オレの首筋に唇を寄せる。

少しだけ動きを止めてから、

「『血の臭《にお》いにまみれても、なお目を閉じ、この香りを嗅ぐものはあたかも天上極楽《ごくらく》にいるがごとし』」

首筋の肌《はだ》をくすぐる、囁《ささや》くような低い声。

「……え？」

「嘘《うそ》か誠《まこと》か解《わか》らないが、ナポレオンが、自分のコロンを評して言った言葉だよ」

彼は身を起こし、オレを見つめてくれる。その目はなんだかすごく優しくて、オレはドキリとしてしまう。

「彼はどんな戦場に赴《おもむ》く時も愛用のコロンを忘れなかったと言われている。……香水好きのフランス人らしい逸話《いつわ》だな」

オレは、彼の目から視線をそらせなくなりながら、

「……血の臭いにまみれても……？」

「……なお目を閉じ、この香りを嗅ぐものはあたかも天上極楽にいるがごとし」

「ええと……」

オレは少し考えてから、

「どんなにつらい状況《じょうきょう》にいても、自分が好きなこのコロンの香りを嗅ぐだけで幸せな気持ちになれる……そういう意味？」

彼がうなずいて、そっと手を伸《の》ばす。

「……目を閉じてごらん」

頬《ほお》にそっと触《ふ》れられて、オレは思わず彼の言うとおりにそっと目を閉じてしまう。

ふわりと空気が動き、清浄な夜の空気の中に、彼のコロンの香りが混ざる。

……ああ……。

「その香りを嗅ぐだけで、幸せな日々を思い出し、その人を思い出して甘い気持ちになれる。……香りとはそういうものだ」

囁くように話していた彼の声が、ゆっくりと耳元に近づく。

「……俺は香りを分析《ぶんせき》し、記憶《きおく》し、それを再構築する機械だ。誰かの感情を動かせるような香りを作れたら、本望《ほんもう》だよ」

耳元に囁いてくる彼の声は、少しだけかすれていて、なんだかドキドキするほどセクシーだった。

「あんたの作った、あんたの香りは……」

声を絞《しぼ》り出すようにして囁いたオレの声も、なんだかかすれてしまってる。

「……オレの心を揺《ゆ》さぶるよ」

囁くと、彼は少し驚《おどろ》いたように一瞬《いっしゅん》息を呑《の》む。それから、

「……俺の香りが好きか、亮介？」

「……好きだよ。何度も言ってるだろ？」

彼は、耳元で小さく笑い、それから、

「……俺も、おまえの香りが好きだ」

オレの首筋に、あたたかくて柔《やわ》らかい、優しい感触が触れてくる。

……これは、彼の唇……？

彼の唇が、まるで愛撫《あいぶ》するようにそっと肌の上を滑《すべ》る。

「……あ……っ」

オレの身体が、ブルッと震えてしまう。

鼓動《こどう》が、なぜかどんどん速くなる。

そして……。

……ああ、ダメ……！

オレは、自分の身体の状況に気づき、慌《あわ》てて彼の身体を押しのける。

「……ダメ、くすぐったいから……！」

「……亮介？」

覗《のぞ》き込んできた彼の目は、なぜかちょっと傷付いたみたいに見えて。

……ああ、どうしてそんな目でオレを見るんだよ？

オレはなんだかつらくなり、彼とは反対側にばさっと寝返《ねがえ》りを打つ。

「おやすみ！　もう寝るね！」

叫《さけ》んで、毛布を身体に巻き付ける。

……ああ、オレ……。

オレは、泣きそうになりながら思う。

……本気で……勃《た》っちゃってる……。

オレの屹立《きつりつ》は、しっかりした硬《かた》さを持ってオレの下着とパジャマを押し上げている。

それどころか、首筋にキスされた時、先端《せんたん》からあたたかな先走りの蜜《みつ》がトクンと溢れてしまったんだ。

あたたかく濡れた下着の感触が、なんだかすごく淫《みだ》らで、オレは自分で自分の身体を抱《だ》きしめる。

……ああ、もう、収まらない……。

オレは震えるため息をつきながら思う。

そして、暗闇《くらやみ》の中、彼の呼吸が寝息に変わるのを、息を殺してジッと待ったんだ。

＊

オレはつま先だってベッドルームの絨毯《じゅうたん》の上を歩き、そっとバスルームに入る。

石造りのバスルーム、大きな窓からは、満月の光が真《ま》っ直《す》ぐに射《さ》し込んでいる。

……これなら、電気を点《つ》けなくてもシャワーを浴びられそう。

オレはお湯の温度をできるだけ低く設定してから、シャワーコックを捻《ひね》る。

心臓麻痺《まひ》を起こさない程度の温度なのを手で確認《かくにん》してから、シャワーの雨の下に入る。

水みたいなシャワーを浴びてるんだから、もう収まってもいいはずなのに……オレの身体《からだ》はますます熱くなるみたいで……。

しかも、彼のコロンの香《かお》りまで、まだ漂《ただよ》っているみたいな……。

「……う……」

オレの屹立が、勝手にヒクンと反応する。

オレの手が、ゆっくりと身体を滑り降りていく。

「……あっ……」

月明かりの中、鼻の奥に甦《よみがえ》るのは、清浄《せいじょう》で、芳《かんば》しい、そして、オレの欲望をとんでもなくかきたてる、彼の香り。

「……んっ……」

指先が、尖《とが》ってしまった乳首《ちくび》に触れる。

オレは身体を大理石の壁《かべ》に預け、呼吸を速くしてしまう。

『亮介』という彼のセクシーな声が、耳に甦る。『おまえの香りが好きだ』という、彼の甘い言葉も。

「……ああ……っ」

オレの手が、両脚《りょうあし》の間に滑り落ちていく。

オレは、一人エッチに関しても淡泊《たんぱく》な方みたいで、今まで、必要な時に最小限の処理をしたことがあるだけだった。それを好んでしたことなんて一度もなかった。

……なのに……。

指先が、屹立の側面に触れる。

……オレ、こんなに……。

自分の欲望は、恥《は》ずかしいほどしっかりと勃ち上がり、蜜を垂らしている。

それを再確認して、オレの身体が羞恥《しゅうち》にビクリと跳《は》ね上がる。

「……ああっ……」

……どうしよう、止まらない。

……人の家のバスルームで、こんなことをするなんて……とてもイケナイことなのに。

唇《くちびる》に甦るのは、彼の優《やさ》しいキス。

「……んん……た……孝明……」

オレの唇が、呼んだことのない、彼の名前を呟《つぶや》いてしまう。

屹立を包み込んだ両手が、おずおずと上下に動いてしまう。

これが彼の手だったら？　という考えが脳裏《のうり》をよぎり、その瞬間、オレの身体を、甘く鋭《するど》い電流が貫《つらぬ》いてしまう。

「……うっ、んん……っ！」

「亮介？　どうした？」

バスルームのドアの向こう、脱衣所《だついじょ》から、いきなり声がして、オレはその恰好《かっこう》のままで硬《こう》直《ちょく》する。

「具合が悪いのか？　開けるぞ！」

彼が心配そうに叫ぶ声がして、いきなりドアが開く。

「亮介!……え?」

彼が、シャワーの雨の中に立っているオレを見つめる。

オレの無事を確かめるように滑り下りた視線が、オレの脚の付け根のあたりに釘付《くぎづ》けになる。

そして彼の目が、ものすごく驚いたように見開かれる。

「……あっ!」

オレは、慌てて握《にぎ》りしめていた屹立から両手を離《はな》すけど……逆に勃ってるものが彼の視線にさらされたのに気づき……どうしていいのか解《わか》らずに、タイルの上に座り込む。

「……ダメ、見ないで、オレ……」

……ああ、オレが発情しまくってるの、彼にバレちゃった。

オレは、恥ずかしくて泣きそうになりながら、思う。

……しかも、こんなところで一人エッチをしようとしていたことも……。

「……こんなところで、して、ごめん。でもオレ、我慢《がまん》できなくて……」

オレは、自分の身体を抱きしめて呟く。

「そんなことはいい。それより……」

彼がバスルームに踏《ふ》み込んできて、オレの身体を包むシャワーの雨に手を入れる。

「どうしてこんな水のようなシャワーを浴びているんだ? 風邪《かぜ》を引くじゃないか!」

「オレ、熱を冷まそうと思って……」

「バカなことを言うな！ 風邪を引いて、本当に熱が出たら、どうするんだ？」

彼は言って、シャワーの温度設定を熱めのお湯に設定し直す。

あたたかくなったシャワーに、オレは自分の身体がどんなに冷えていたかを思い知る。

……だけど……。

オレの恥ずかしい屹立は、この状況《じょうきょう》にもかかわらず、まだ熱く勃ち上がったままで。

「……亮介……」

タイルの上に跪《ひざまず》いた彼が、パジャマが濡《ぬ》れるのも構わず、オレを抱きしめる。

「……我慢できないほど、発情したのか？」

なんだかつらそうな囁《ささや》きに、オレは我慢できずにうなずく。

「……ごめん、男に、自分のバスルームで一人エッチされたら、気持ち悪いよね……？」

「……バカか、おまえは。何度言ったら解るんだ？」

彼が少し怒《おこ》ったような声で言って、オレの両脚の間に、手を滑《すべ》り込ませてくる。

「……ああっ！」

大きな手に屹立を握られる、その鮮烈《せんれつ》すぎる感触《かんしょく》に、オレの身体が大きく震《ふる》えた。

「……ダメ、離して……っ」

「発情したおまえを、気持ち悪くなど思うわけがないだろう？ それを証明してやるよ」

彼の指がオレの屹立を握りしめ、ゆっくりと上下し始める。

「……ああっ、ダメ……」

「……俺の名前を呼んで」

「ああ……孝明……っ！」

彼の顔が下りて、ツンと尖ったオレの乳首の先に愛《いと》おしげなキスをする。

「……あああっ！」

同時に、蜜を滲《にじ》ませた屹立の先端に、親指で丸く円を描《えが》かれて……。

「……ふ、ああっ！　くう、ん……！」

オレは彼の頭を抱きしめ、身体を反り返らせて……ドクン、ドクン、と思い切り欲望を放ってしまった。

「……あ、ああ……！」

くにゃりと力の抜《ぬ》けたオレの身体を、彼がしっかりと抱《だ》き留めてくれる。

オレは息を切らしながら、びっしょりと濡れた彼のパジャマに頬《ほお》を擦《こす》り付ける。

……彼は、最初に、オレが感じたら容赦《ようしゃ》しないって言った。

……彼はこのままオレを抱くんだろうか？

……オレ、このまま今夜、彼のものになっちゃうんだろうか？

その考えは、オレの身体の奥深い場所を甘く潤《うる》ませ、でもオレの心をなぜか切なく痛ませる。

……彼は、オレを愛してるわけじゃない。

……彼は、仕事をする条件として、一週間限りの抱き枕《まくら》を手に入れただけ。

……約束の一週間が終われば、そしてコロンができ上がれば、オレはもう用無しで。

「……オレ……感じちゃった……」

唇から漏《も》れた声は、なんだかすごく寂《さび》しそうにかすれていた。

「……だから、オレを抱くの……？」

自分の声に含《ふく》まれた苦しげな響《ひび》きに、オレは自分で驚《おどろ》いてしまう。

初めてのセックスを男に奪《うば》われちゃうのは、客観的に見ても悲しむべき状況だ。

だけど、オレの心は、なぜか……。

「……亮介」

そのままキュッと抱きしめられ、オレの鼓動《こどう》がますます速くなる。

「……あ……」

彼の胸は逞《たくま》しくて、そして……。

オレを包むのは、あのうっとりするような香《かお》り。これを感じてるだけで、また……。

「……このまま奪ってしまいたい」

「……ああっ……」

「……いい？」

彼の誘惑《ゆうわく》の言葉に、オレの身体《からだ》は、彼を求めて甘く疼《うず》く。

……ああ、同性の男である彼に、どうしてこんな反応をしちゃうんだろう？

「……愛している、亮介。俺は本気だよ」

彼の言葉に、オレは驚いて顔を上げる。

彼は、その宝石のような琥珀色《こはくいろ》の瞳《ひとみ》を煌《きら》めかせ、オレを見つめていた。

「愛している。抱き枕でなく、おまえを恋人《こいびと》にしたい」

オレの心に、不思議なほどの喜びが湧《わ》き上がった。

「コロンができ上がったら、もう一度聞く。その時までに、心を決めてくれないか？」

彼の問いに、オレは呆然《ぼうぜん》とうなずいた。

「……完成だ……」
空気に漂《ただよ》うのは、信じられないほどに、甘く、切なく、そして芳《かんば》しい香り。
俺の心を満たすのは、圧倒《あっとう》的な満足感。
……恋の、香りだ……。
俺は、昨夜《ゆうべ》見た、彼の姿を思い出す。
彼は、俺の腕《うで》の中で、どうしようもなく感じて、その美しい屹立《きつりつ》を反り返らせた。
軽い愛撫《あいぶ》だけで甘く喘《あえ》ぎ、震えながら白い蜜《みつ》を放った。
達した瞬間の、彼の凄絶《せいぜつ》なほどに色っぽい顔に、俺は何もかも忘れそうになった。
……彼が、俺の香りだけでなく、俺に恋をしてくれるといい。
俺は、祈《いの》るような気持ちで、遮光《しゃこう》性の瓶《びん》に、しっかりと蓋《ふた》をする。
……ああ、これが、彼にとって、新しい恋の香りになりますように……。

*

次の夜、ベッドルームに入ってきた彼に、俺はその小瓶を渡《わた》した。

彼は驚いた顔で小瓶を見つめ、

「……できた、の？」

彼の緊張《きんちょう》したような声に、俺はうなずいてやる。

「できたよ。俺の最高傑作《けっさく》と言ってもいい、素晴《すば》らしい物がね」

言うと、彼はその美しい瞳を喜びにキラキラと光らせる。

「嗅《か》がせてもらってもいい？」

俺はうなずいて、その小瓶から、ムイエットに一滴《いってき》、そのコロンを垂らす。

それを空気の中で振《ふ》ると、ベッドルームに芳しい香りが広がっていく。

「うわあ、いい香り！」

彼はうっとりと目を閉じて言う。

「すごい！　まさに理想どおり、だよ！」

「……感じる？」

俺が言うと、彼はもう一度空気を吸い込み、少し考える。

「ええと……」

目を開けて、なんとなく申し訳なさそうな顔をする。

「……感じ……はしないよ。けど、すごくいい香りだと思う！」

それから、ふと可笑《おか》しげに笑って、

「まあ、そうそういろんな香水《こうすい》で発情しちゃっても困るよ。人それぞれに反応する香りが違《ちが》うんだろ？」

俺はその香水を一滴、指先に落とし、自分の左の首筋につける。

蓋を閉めた瓶をサイドテーブルに置き、右手で首筋を押さえる。

体温でしっかりとあたたまった頃《ころ》に手を離《はな》し、彼の肩《かた》をそっと掴《つか》む。

「肌《はだ》にのせた時の香りを、確かめて欲しい」

俺は彼の身体を引き寄せ、香水を付けたのとは逆の肩に、その頭をもたせかけてやる。

「まだ付けたばかりなので、香るのはトップノートだけだが……」

「うん……」

彼は目を閉じて空気を吸い込み……、

「……あ……っ」

抱きしめた彼の身体が、ヒクン、と何かに反応した。

まるで愛撫でもされたかのように、彼の呼吸が速くなる。

「……あ、オレ……！」

「……感じた？」

彼は息を呑み、恥《は》ずかしそうにうなずく。

「……このまま抱きたい。返事は？」

「……う、うん。でも……でも……」

彼は恥ずかしげに言うが、まるで若い鮎《あゆ》のように跳《は》ねて、俺の腕からすり抜ける。

「……その前に、オレ、シャワー！」

彼の後ろ姿を見送りながら、俺は、不思議なほどの幸福感に包まれていた。

香川亮介

……オレ、今夜、彼にすべてを捧《ささ》げちゃうんだ……。

風呂《ふろ》上がりの身体にバスローブを羽織りながら、オレは鼓動を速くする。

……ああ、どうしてオレ、男の彼に抱《だ》かれることが、こんなに幸せなんだろう？

抱き枕《まくら》になるという約束をした時、まさか本当に、すべてを捧げることになるなんて、思ってもみなかった。だけど、彼を思い出すと、身体だけじゃなくて、心まで熱い。

……オレのこの気持ちを、きっと、愛してるっていうんだ……。

オレは自分の身体を抱きしめて、甘く震《ふる》えるため息をつく。

……オレ、彼に抱かれたい……。

どこからか、ふわりと彼の香《かお》りが立ち上った気がして、オレの身体がますます熱くなる。

……ああ、彼を思うだけで、あの香りがするような気が……ん？

幻《まぼろし》じゃなくて、本当に彼の香りがする。

オレは、自分がだいぶ大きめのバスローブを着ていることに気づく。

……これ、彼のバスローブだ。間違《まちが》って着ちゃったんだな。

オレは慌《あわ》てて脱《ぬ》ごうとして……バスローブのポケットに何か小さくて、だけどずしりと重いものが入っていることに気づく。

オレはバスローブのポケットに手を突《つ》っ込み、ひんやりと冷たい何かを握《にぎ》りしめる。

「……なんか入れたまま脱いじゃったんだな？　このまま洗濯《せんたく》したら大変じゃないか」

オレは言いながら、その何かを摑んだ手をポケットから出し……、

……え？

オレの手の中にあったのは、見たことのある、美しいクリスタルガラスのフラコン。

金色のラベルに書かれた文字は『CENT』。

……これは、あの、金森室長がいつも付けてたのと同じ、あの限定モノのコロン。

……どうしてそれが、こんなところに？

フラコンの中のコロンは、半分以上減っている。そして……。

「……あ……」

ふわりと漂ったのは、オレが恋の香りと呼んだ、そしていつも西園から香る、あのセクシーな香り。オレはそれを見つめたまま、呆然とする。

このフラコンは、確かに見覚えのある『CENT』のもの。コロンの中身を入れ替《か》えることはまずしないから、多分、中身も同じ、『CENT』。

……どうして、彼の香りがするの？

オレは思ってから、ハッとする。

……金森室長が付けていたのも、西園が付けていたのも、同じ『CENT』だったんだ。

……香水に関する知識の浅いオレは、二人が付けているのが同じコロンだってことに、今まで気づかなかったんだ。

調香アトリエで最初に話をした時、彼は、オレが同じコロンを、「感じる」、「嫌《きら》い」と両《りょう》極端《きょくたん》に評していることに気づいたはず。

なのに彼はそれを指摘《してき》してくれなかった。

オレが媚薬《びやく》が入ってるんだろう、とか言った時にも、否定しなかった。

……からかわれてたんだ……。

オレはそのフラコンを見つめたまま、絶望的な気分で思う。

彼は心の中で、知識のないオレのことを、ずっと笑ってたんだろう。

……「あんたのコロンに感じる」なんて言って、オレ、バカみたいだ。

……オレ、一人で舞《ま》い上がって、一人で発情して、一人で……、
フラコンを握りしめたオレの手が、細かく震えている。

……本気の恋《こい》に堕《お》ちた……。

……でも彼にとっては、これはただ一週間だけの遊びで……。

熱い涙《なみだ》が、頬《ほお》を転げ落ちていく。

……彼は、オレのことを、愛してなんかいないんだ……。

彼が、シャワーを浴びると言ってベッドルームを出てから、四十分が経《た》った。

「……亮介？」

バスルームの外で、彼の名前を呼ぶ。

「……どうした？　まさか湯当たりして倒《たお》れていないだろうな？」

バスルームの電気は点《つ》けっぱなしで。しかし、中から水音は聞こえない。

……まさか……本当に……？

「開けるぞ、亮介！」

言って、勢いよくドアを開ける。

脱衣所《だついじょ》を歩き抜《ぬ》け、バスルームへのドアを開く。踏《ふ》み込んだそこに人影《ひとかげ》はなく、タイルはすでに冷え始めていた。それは、亮介が風呂を上がってから時間が経っていることを表していた。

「亮介？」

ほかの部屋にでもいるのだろうか、と振《ふ》り向いた俺は、畳《たた》まれたバスローブの上に、何かのメモが置かれていることに気づく。

そしてそのメモの上には……。

置かれていた『CENT』のフラコンを見て、俺はスッと青ざめる。

フラコンが彼の目に触《ふ》れないように、しかし香りは彼の鼻に届くように、俺はこのフラコンをいつも隠《かく》し持っていた。

……ここでパジャマに着替《きが》えた時、これを忘れていってしまった……？

……そして、亮介はこれに気づいた……？

俺は震える手で、メモを開く。

『きっとオトナの冗談《じょうだん》だったんだろうけど、子供のオレにはつらすぎるかも。

一人で感じて、発情して、本気の恋に堕ちたオレは、きっと滑稽《こっけい》だったよね。

さよなら。ただの抱《だ》き枕《まくら》でいることができなくてごめんなさい。

香川亮介』

……亮介……。

俺はメモを握りしめ、呆然《ぼうぜん》と立ちすくむ。

このままずっと、一緒《いっしょ》にいられるような気がしていた。

彼の笑顔《えがお》、強気な口調、そして感じた時の潤《うる》んだ瞳《ひとみ》を思い出す。

俺はたまらなくなって脱衣所を飛び出す。

彼が荷物を置いていた客間からは、ボストンバッグが消えていた。

彼の足跡《そくせき》を追うように俺は家から中庭に走り出て、全速力でそこを駆《か》け抜ける。

店へのドアを開き、暗い店内を横切る。

店の正面にあるエントランスドアには、鍵《かぎ》がかかっていた。

一縷《いちる》の望みをかけて俺はそれを開け、道路に踏み出す。

終電も終わったこんな時間、道路にも、公園にも、人影はなかった。

……亮介……。

もう一歩踏み出そうとした俺は、自分が何か金属製のものを踏んだことに気づく。

そこに置いてあったのは、彼に渡《わた》してあった、このドアの合い鍵だった。

……もう二度と来ないということか？

心臓が、壊《こわ》れそうに痛む。

俺はたまらない気分で店に戻《もど》り、カウンターの上の電話の受話器を取り上げる。

そして、教えてもらっていた、彼の部屋の電話番号をプッシュする。

留守電もセットし忘れているのか、受話器の向こうで、電話の呼び出し音が延々と響《ひび》き続ける。

しかし、受話器は上がらない。

……亮介……。

……俺は、君を、このまま、失ってしまうのか？

俺は、そのまま、何度も何度も、彼の部屋に電話をかけ続けた。

香川亮介

……ああ、どうしたらいいんだろう……。

早朝の、第二企画室《きかくしつ》。

昨夜《ゆうべ》、彼の部屋を飛び出したオレは、タクシーを摑《つか》まえて、このオフィスに来た。

顔見知りの警備員さんは、朝までに終わらせたい仕事があるんだ、と言ったオレを親切に通してくれて。それどころか、缶《かん》コーヒーまで差し入れてくれた。

電話が鳴るところを想像しただけで、オレは自分の部屋に帰るのが怖《こわ》かった。

もう一度でも、彼の甘い声を聞いたら、何もかも忘れてしまいそうで。

だからオレは、部屋には帰らなかった。

……でも、彼はオレに電話なんかしてないかもしれないな。

オレはつらい気持ちで小さく笑う。

……それとも、別のもっと美しい人を呼んでその人を抱《だ》きしめて眠《ねむ》っているかな。

想像しただけで、心臓が壊れそうだ。

オレは、自分のデスクに座ったまま、窓の外を見つめてため息をつく。

高層階にあるこの窓からは、広がる東京の景色を見渡すことができる。

少しだけ明かりを残したビル群の上に、明るくなり始めた、夜明けの空が広がっている。

二時間もすれば、ほかのメンバーが出勤してくる。そしてその一時間後には、この部署の存続を懸《か》けたコンペティションが始まる。

……だけど……コロンが、ない。

オレは両手で顔を覆《おお》って、涙をこらえる。

オレは、一週間あそこにいて彼の抱き枕になる、という約束を破った。

西園は、約束を破って逃《に》げたオレに怒《おこ》って、もうあのコロンをオレに渡してはくれないだろう。

この部署が存続できなくなるかもしれないことは、もちろんつらい。仲間を裏切ることになってしまった自分が、許せない。

……だけど……。

オレの心を一番大きく占《し》めているのは、西園とはもう二度と会えない、という悲しみ。

……ああ、どうしてオレ、こんなふうになっちゃったんだろう？

オレを狂《くる》わせたのは、甘く、危険な、彼のあの香《かお》り。そして、オレに、初めての本当の恋《こい》を教えたのも。

見下ろす夜明けの東京が、ジワリと曇《くも》る。

こらえ切れなかった涙が、瞼《まぶた》から溢《あふ》れて、頬を滑《すべ》り落ちる。

……ああ、どうしてオレ、こんなに彼を愛しちゃったんだろう？

「ああ、こっちです。……さんがいるのは、こちらの部屋ですよ」

聞き覚えのある警備員さんの声がして、オレは慌《あわ》てて涙を拭《ぬぐ》う。

……なんだ？

「……サラリーマンは大変だねえ。こんな早朝からお仕事なんて」

警備員さんの声が、この部屋のドアの向こうで立ち止まる。

……いったい、誰《だれ》と……？

「……どうもありがとうございました。助かりました」

聞こえてきた声に、オレは硬直《こうちょく》する。

……まさか……！

カチャ、と音がして企画室のドアが開く、
ゆっくりと振り向いたオレの目に……。

「……うそ……」

そこに立っていたのはオレが求め続けた、あの美しい男……西園だった。

いつもラフな恰好《かっこう》だった彼が、今はきっちりと仕立てのよさそうなスーツに身を包んでいる。

その凛々《りり》しい姿に……オレの心がズキリと痛む。

……もう二度と会えないと思ったのに。

「……どうして……」

彼は黙《だま》ったまま部屋を横切って、オレの前に立つ。そして、スーツの内ポケットから、小さな遮光性《しゃこう》の瓶《びん》を出す。

「忘れ物だよ」

「……これは……」

「おまえが企画した、男性用のコロンだ。それから……」

彼は脇《わき》に挟《はさ》んでいた封筒《ふうとう》からケント紙を出してオレに渡す。

「……これは、ジョルジョから。商品化する時には使ってくれ、だそうだよ。車を飛ばして取ってきた。フラコンのデザイン画だ」

オレは呆然とそれを受け取る。

「……あ……」

彼がデザインしてくれたフラコンは、炎《ほのお》のような青から白を経てオレンジ色になる美しいグラデーションのガラスでできていた。

複雑なうねりを持ったその形は、まるでふいに燃え上がった恋の炎みたい。

「……すごい……こんな綺麗《きれい》なフラコンに入ったら、あんたのコロンはますます……」

言いかけてから、言葉を切る。

……何を言ってるんだろう、オレ。もう、彼とは仕事ができないかもしれないのに。

「話を、聞いてくれないか？」

彼が、いつものふざけた調子が微塵《みじん》もない声で言う。

聞きたくない、と言おうとするけど……ふわりと香った彼のコロンに、オレは何も言えずにうなずいてしまう。

彼はポケットから、あの『CENT』を取り出し、オレのデスクの上に置く。そのフラコンを見るだけで、心が壊れてしまいそう。

「これは、一年前に俺が調香《ちょうこう》したコロンだ。媚薬《びやく》でもなんでもない。限定数ではあったが、市場にも出回った商品だよ」

「そう……なんだ……」

……じゃあ、どうして……？

「だが、あの金森という男の香りと、おまえが発情した俺の香りは、違《ちが》う。おまえにとっては、まったく別のものと言っていい。……なぜか解《わか》るか？」

彼の言葉に、オレは呆然《ぼうぜん》とし、それからかぶりを振《ふ》る。

……同じコロンなのに、別のもの？

「昔の調香師は、王侯《おうこう》貴族から、どんな相手も振り向かせる媚薬を作れと命じられた。媚薬を称《しょう》したたくさんの香水が作られたが、本当は、そんなものを作るのは不可能なんだ」

「……不可能？」

「そう。例えば、交尾《こうび》をする種であれば、地球上のどんな生き物も、相手を発情させるようなフェロモンを出すことができる。それは彼らにとってとんでもなく芳《かんば》しい、恋の香りだろう。人間ももちろん例外ではなく、人間の出すフェロモンに反応する。しかし……」

彼は、その琥珀色《こはくいろ》の瞳《ひとみ》でオレを見つめる。

「人間は唯一《ゆいいつ》、本能に、感情が勝つ生物だ」

「……本能に、感情が？」

「もし強力な求愛フェロモンを出していたとしても、嫌《きら》いな相手には絶対に発情しない。それどころか嫌悪感《けんおかん》を憶《おぼ》えることもある」

……あ……。

「その代わり、相手がフェロモンを出していなかったとしても、恋をした相手には、発情する。もしも相手が求愛フェロモンを出していたとしたら……知らず知らずに発情して、身体《からだ》が反応してしまうだろうな」

……それって……？

「たとえ同じコロンを付けていても、嫌いな相手の香りと、俺の香りは、おまえにとって、まったく別のものであって欲しかった。だから俺は、あえてコロンの名前を口にしなかったんだ。亮介が、俺の香《かお》りに反応してくれるかどうかを、確かめたかった」

「……あんたの、香りに……？」

「コロンはただのエッセンスに過ぎない。俺の肌の上、俺の血であたためられ、初めて俺だけの香りに変化するんだ」

彼が、キュッと抱《だ》きしめてくれる。

「……俺の香りに、感じるか？　答えてくれ、亮介」

彼の声は祈《いの》るように厳粛《げんしゅく》で、彼が本気でオレを想《おも》っていることが伝わってくる。

「……あんたの香りは、オレにとって……甘く切ない、恋の香りだよ」

オレは彼の背中に腕《うで》をまわしながら囁《ささや》く。

窓の外には美しい朝焼け。オレたちは、その光の中で、誓《ちか》うようなキスを交《か》わした。

＊

彼のベッド。二人を照らす清浄《せいじょう》な月の光。

高い天井《てんじょう》に響《ひび》くのは、シーツの衣擦《きぬず》れの音、そして絶え間ないオレの甘い喘《あえ》ぎ。

あの後。コンペティションに勝ったのは、当然、第二企画室《きかくしつ》だった。

社長や取締役《とりしまりやく》を始めとして、会議に出たメンバーは全員、伝説の調香師といわれる西園孝明本人が現れたことに度肝《どぎも》を抜《ぬ》かれた。

そして、ジョルジョさんのフラコンのデザイン画に見とれ、西園の作ったコロンの芳しさに我を忘れた。あの金森室長を含《ふく》む全員が陶然《とうぜん》とした顔で、あっさりと第二企画室の勝ちを認めたんだよね。

……そして。

あのコロンのサンプルの入った小瓶は、今、二人のベッドの脇にある。

オレたちは、まるで誓いを立てるように、お互《たが》いの左手首にそれを一滴《いってき》ずつ落とした。

彼の肌《はだ》にあたためられたそれと、オレの肌にあたためられたそれが、ベッドの上にふんわりと漂《ただよ》っている。そして、心を揺《ゆ》さぶる恋の香りになって、抱き合うオレたちの身体をどうしようもなく熱くしてしまってる。

「愛してる、亮介。もう我慢《がまん》できない」

オレの首筋に顔を埋《うず》めた彼が、甘い声で囁いてくれる。トロトロに蕩《とろ》けたオレの身体が、その声に反応して、ズクンと甘く疼《うず》く。

「オレも愛してる。孝明のものになりたい」

彼の大きな手が、オレの両方の足首をそっと摑《つか》む。そのまま大きく押し広げられて、恥《は》ずかしさに気が遠くなりそう。

「……ああ……っ！」

彼の指で何度も放ち、白い蜜《みつ》にまみれたオレの屹立《きつりつ》。だけど、ふわりと香った彼の香りに、またしっかりと勃《た》ち上がってる。

流れ込んだ蜜でヌルヌルになり、彼の器用な指で解《ほぐ》された、オレの蕾《つぼみ》。熱く、逞《たくま》しい屹立をギュッと押し当てられて、何もかも忘れそうになる。

「……ああ、孝明……っ！」

「……愛してるよ、亮介。おまえだけだ」

先端《せんたん》がグッと押し入ってきて、初めてのオレは、驚《おどろ》いて息を呑《の》む。

「……大丈夫《だいじょうぶ》。力を抜いてごらん」

彼は優《やさ》しく囁いて、熱を持ち始めたオレの屹立を巧《たく》みに愛撫《あいぶ》してくれる。

オレが感じた瞬間《しゅんかん》を見逃《みのが》さず、彼は、その逞しい屹立で、オレを深い場所まで貫《つらぬ》く。

「……ああっ、ふ、うん……っ！」

最初は味わうようにゆっくり、最後には貪《むさぼ》るようにして、彼はオレを……。

「……ああっ、孝明っ……！」

オレは我を忘れて喘ぎ、涙《なみだ》を流す。

「……孝明……感じる……あぁーっ……！」

貪り合う二人の動きに、ベッドが激しく揺れる。激しい息づかい、二人の恋の香りが、月明かりの中に広がっていく。

「……イく……！　イッちゃうよ……！」

「……いいよ、一緒《いっしょ》にイこう、亮介」

彼の香りと、セクシーな囁きが、オレの理性をすべて奪《うば》い去る。

感じる場所を容赦《ようしゃ》なく突《つ》き上げられ、オレの身体を甘い電流が貫いた。

「はあっ……くうぅ、んっ！」

オレは、白い蜜を激しく迸《ほとばし》らせてしまう。

「……ああ、愛してる、孝明……！」

オレは、快感の余韻《よいん》に震《ふる》えながら、逞しい彼の屹立をキュウッと締《し》め上げた。

「……愛しているよ、亮介……」

彼は甘く囁き、悩《なや》ましいため息と共に、その欲望を激しく撃《う》ち込んでくれたんだ。

＊

そして半年後。

彼が作ったコロンは全世界で同時発売され、記録的な大ヒットになった。

もちろん第二企画室は存続していて、今では第一企画室より注目されている。

オレはアパートを引き払《はら》い、なぜかあのまま彼の家で同棲《どうせい》してしまってる。

オレの仕事部屋になった広い客間。開いたドアのところで、孝明が咳払《せきばら》いをする。

「……もう二時だ。そろそろ寝《ね》ないか？」

「次の企画書類、作らなきゃ。先に寝て！」

「一週間もお預けだ。今夜は許さないよ」

彼が言って、部屋を横切ってくる。そしてキュッと後ろからオレを抱きしめる。

「二人が同じ香りになるまで愛し合おう」

ふわりと漂う彼の香りに、オレの身体は甘く疼いて、もう抵抗《ていこう》なんかできない。

だってオレにとって彼のコロンは……甘く危険な、恋《こい》の香りだから。

甘く危険な恋の香り

第二話

香川亮介

「……ううん……」

ベッドルームを満たすのは、朝の光と、そして芳《かんば》しい香《かお》り。

薄《うす》く目を開けると、朝の光の中に煌《きら》めくガラスの瓶《びん》が見える。

サイドテーブルに置かれた、香水《こうすい》で満たされた美しいフラコン。

炎《ほのお》のような青から白を経てオレンジ色になる美しいグラデーション。

それが『Feu l'Amour《フュ・ラムール》』

フランス語で『恋の炎』という意味のそれは、オレがコンセプトを企画《きかく》し、そして天才調香師・西園孝明が調香した……胸が痛くなるような麗《うるわ》しい香りだ。

「……あ……」

愛し合う前。彼はこのフラコンの蓋《ふた》を開け、『Feu l'Amour』をほんの少しだけ、自分の左手首に擦《こす》り付ける。

『二人が同じ香りになるまで、愛し合おう』

彼はその香りの中で囁《ささや》き、オレをしっかりと抱《だ》きしめる。

熱烈《ねつれつ》に愛を確かめ合った後、オレの身体《からだ》にも、彼と同じ香りが染《し》み付いている。

それが、オレたちの愛の儀式《ぎしき》になってしまって……。

愛し合った後にシャワーを浴びるから、朝にはオレの身体から香りは消えている。

でも、部屋にフワリと漂《ただよ》う残《のこ》り香《が》が、昨夜《ゆうべ》の熱さをまだ残しているみたいで……。

「……ん……」

全身に直接触《ふ》れているのは、サラサラとしたシーツの感触《かんしょく》。

……ああ、昨夜、シャワーの後、何も着ないままで……。

オレの全身は気怠《けだる》く疲《つか》れ、愛の行為《こうい》の余韻《よいん》が残っているようで……。

仰向《あおむ》けになると、オレの目に映るのは、教会みたいに高いドーム状の天井《てんじょう》。

ドームのてっぺんに開けられた天窓から見えるのは、雲を浮《う》かべた澄《す》んだ青空。

オレが寝ているのは、飴色《あめいろ》に古びた木のヘッドボードを持つ、まるで王侯《おうこう》貴族のそれみたいに重厚《じゅうこう》なキングサイズのベッドだ。

ただのサラリーマンのオレが、こんなヨーロッパのお城の一室みたいな部屋で寝起きができるわけがない。

ここは西園が経営している香水店『Galerie de Parfums　NISHIZONO』の奥にある、彼の家だ。

……ああ、オレ、昨夜も……。

肌《はだ》の上に残る、彼の甘い愛撫《あいぶ》の余韻に、オレは一人で赤くなる。

……ったく、こんなに疲れてるのは、あんたのせいで……。

思いながら、隣《となり》に寝ているであろう彼の方に寝返りを打つ。

「……ん……？」

そこにあるのは、日光を反射する真っ白いシーツだけ。

……もうアトリエに籠《こ》もって仕事してるのかな？

オレは、彼がもういなかったことに気づいて、ちょっと寂《さび》しくなり……。

「……なんで寂しくなってるんだよ、オレ！　女の子じゃあるまいし！」

一人でまた赤くなる。

「……オレは立派な男で、サラリーマンなんだからな！」

勢いよく起き上がろうとして……。

「……くっ」

身体を走った甘い快感に、思わず小さく息を呑《の》む。

「……あぁ……っ」

乳首《ちくび》の先をサラリとシーツが滑《すべ》っただけで、オレは感じてしまったんだ。

「……チ、チクショウ……っ」

オレは一人で真っ赤になる。

「……こんな身体にしやがって……っ！」

オレの名前は香川亮介。二十四歳。

日本人なら知らない者のない、大手化粧品《けしょうひん》会社、株式会社鳳生堂の第二企画室に勤めるサラリーマンだ。

八カ月前、オレはある男と恋に堕《お》ち、心と身体を一つにした。

そのままの勢いで恋人同士になり、相手の家に引きずり込まれ……なぜか今はその男と同棲《どうせい》までしてしまってる。

「亮介！　起きてるか？」

声がして、ノックもなしにいきなりドアが開く。

そこにいるのは、見とれるような美しい男。

ラフな感じにボタンを二つ開けた、白い綿シャツ。

それに包まれた、逞《たくま》しい肩《かた》と厚い胸。

上等そうな黒の革《かわ》パンツが、彼の引き締《し》まった腰《こし》と、そして見とれるような長い脚《あし》を強調している。

彼の端整《たんせい》な顔に、ふわりと笑《え》みが浮かぶ。

「起きてたか。おはよう、亮介」

きりりとした、男らしい眉《まゆ》。

すっと通った、上品な鼻梁《びりょう》。

ちょっとだけ冷淡《れいたん》そうな、でもすごく形のいい、薄《うす》めの唇《くちびる》。

そして……まるで最高級のモルト・ウイスキーのように深い色の、琥珀色《こはくいろ》の瞳《ひとみ》。

ふわ、と香った『Feu l'Amour』の香りに、ドキリとする。

彼の名前は、西園孝明。二十八歳。

彫《ほ》りの深い端麗《たんれい》な顔立ちと、見事なスタイル。どうやら純粋な日本人じゃなくてお父さんはフランス人らしい。

グラビアモデルをしていると言われたら深くうなずきそうなものすごい美形だけど、彼は香水業界では伝説といわれた調香師。世界に名だたる名品と言われる香水をいくつも調香している天才だ。

そんな天才と、一介《いっかい》のサラリーマンであるオレが、なぜか恋人同士になり、さらにこんなふうに同棲までしちゃってる。

……実は、オレにも未《いま》だに信じられないんだけどね。

オレを見つめる琥珀色の瞳。視線が身体を滑り降り、オレはドキリとする。

「な……なんだよ……？」

彼の視線の奥には、いつでも、野生動物みたいなどこか獰猛《どうもう》な光が宿ってる。だから真《ま》っ直《す》ぐに視線を当てられると、オレはいつでも、こんなふうに不思議とドキドキして……。

彼の形のいいクールな唇に、ふと笑みが浮かぶ。

「悪かったな。昨夜はおまえが可愛《かわい》すぎて、セーブできなかった」

「……へ？」

オレは彼の視線を追って自分の身体に目を落とし……。

「……はう……っ」

オレは思わずシーツを胸の上に引き寄せる。

オレの肌の上には、深紅《しんく》の花びらみたいなキスマークがいくつも散っていたんだ。

「キスマーク禁止って言ったじゃないか！」

「さあ、そんなこと言われたかな？　それに……」

彼の笑みが、ふいにとてもセクシーに変わる。

「……昨夜は、色っぽい声で『もっと、もっと』と言われた気がするが？」

……うっ！

「くっそー！　そんなこと言うかーっ！」

オレが真っ赤になりながら枕《まくら》を投げ付けると、彼は可笑《おか》しそうに声を上げて笑いながらそれを片手で受け止める。

「朝食ができてる。さっさと来て食わないと遅刻《ちこく》するぞ」

言って、顎《あご》で時計を示してみせる。

「え？」

サイドテーブルに置かれた時計を持ち上げて覗《のぞ》き込み、オレは慌《あわ》てる。

「うわっ！　あと四十五分で出ないと間に合わないっ！」

彼は肩をすくめ、枕を持ったままベッドに近づいてくる。

「朝食を抜《ぬ》くことは許さないぞ。さっさとシャワーを浴びてダイニングに来い」

彼は言ってベッドに枕を置き、それからいきなり手を伸《の》ばしてオレの顎を持ち上げ……。

「……あ？……んっ！」

不意打ちで、唇に重なってくる、彼のあたたかな唇。

「……んんっ！」

空気が動き、またふわりと香《かお》った『Feu l'Amour』。そのセクシーな香りに、昨夜、彼がどんなに熱烈《ねつれつ》にオレを求めたかを鮮明《せんめい》に思い出す。

「……あ、ん……」

身体《からだ》がふわりと熱くなり、鼓動《こどう》がいきなり速くなって……。

「……ん……」

二人の唇が、チュッと軽い音を立てて離《はな》れる。

「……あ……」

寒くなった唇が寂しくて、オレは思わず声を上げる。

「ほら。そんな可愛い顔をするから……我慢《がまん》ができなくなるんじゃないか」

甘い囁《ささや》きを耳に吹《ふ》き込み、オレの首筋に顔を寄せる。

「……ティーツリー、レモン、マスカット、ローズ、ワイン、サイプレス、シダーウッド、ハチミツ、アンバー、シベット……」

オレの理性を失わせるための呪文《じゅもん》を唱えるように、彼が囁く。

「……ん……」

オレの身体が、彼のあたたかな息に反応して、細かく震《ふる》える。

彼はそのまましばらく動きを止め、何か美味《おい》しい物でも味わった後のような、満足げな、長いため息をつく。

「……ああ……なんて香りなんだ……」

ため息に含《ふく》まれていたのは、いつも囁かれる魔法《まほう》のような囁き。

「……どんな香水《こうすい》もかなわない。おまえの香りは、やっぱり世界一素晴《すば》らしいな」

チュッと音を立てて首筋にもキスをして、

「さっさと来い。でないと、今夜はワイシャツで隠《かく》れないところにキスマークを付けるぞ？」

甘い声に、身体がまた震えてしまう。

「それから。服を部屋に脱《ぬ》ぎ散らかすんじゃない。子供じゃないんだからな」

笑いを含んだ声で言って、ドアを開けたままで部屋を出ていく。

彼が出ていった後のドアの向こうから、ふわ、といい香りが漂《ただよ》ってくる。

香ばしく焼かれたトースト。

ふわりと焼かれたオムレツの、バターと卵の香り。

そして彼がいつも豆の焙煎《ばいせん》からしてくれる、信じられないほど芳《かんば》しいコーヒー。

食欲をそそられるその香りに、すごくお腹《なか》がすいてることに気づく。

「……くそ、めちゃくちゃ体力消耗《しょうもう》させやがってっ！」

オレは赤くなりながら呟《つぶや》いて、バスローブを羽織って立ち上がる。

そして、床《ゆか》に点々と散らばったものを見て、一人で赤くなる。

「うわ」

部屋を出たところの廊下《ろうか》に、ネクタイ。

ベッドルームの真ん中に、ワイシャツ。

ベッドの横の床に靴下《くつした》。

そしてキングサイズのベッドの端《はし》に、下着が入ったままのスラックスが引っかかってる。

「信じらんない」

オレは真っ赤になりながら、それらを拾い上げていく。

「くそ、いつもはさくさく片づけてくれるのに！　わざとこのままにしやがって！」

ここのところ残業続きで、彼をずっとお預けにしていた。

昨夜、彼は「もう限界だぞ」と囁いて玄関《げんかん》でオレを抱《だ》きしめ、キスをしながら乱暴に上着を脱がせた。

廊下を歩きながらネクタイを解《ほど》いて、ベッドルームの真ん中でワイシャツを脱がせた。

ベッドに座らせたオレの靴下を取り去り、そしてベッドに押し倒《たお》した。

ベルトを外し、スラックスごと下着を一気に取り去って……そして、オレを……。

オレの身体が、カアッと熱くなる。

……まったく、スケベ野郎《やろう》！

オレは赤くなりながらバスルームに行く。

洗面室の洗濯機《せんたくき》に洗濯物を放《ほう》り込み、スーツとネクタイをクリーニング行きの袋《ふくろ》に入れる。

慌ててシャワーを浴び、髪《かみ》を拭《ふ》きながらベッドルームに戻《もど》る。

クローゼットを開いて下着と靴下をはき、ワイシャツとスラックスを身につける。

上着とネクタイを摑《つか》んで、慌ててダイニングに行く。

「来たな。さっさと食え。腹を減らしたままでは仕事にならないぞ」

そして……朝日の中で笑う彼の笑顔《えがお》に、またドキドキしてしまうんだ。

＊

「次の新作口紅のシリーズの企《き》画《かく》は、第一企画室に任せることにする」

言ったのは、企画室全体を統括《とうかつ》する、恩田《おんだ》統括部長。

彼は、第一企画室が作ったコンセプトボードを見ながら満足そうに。

「なかなかいい出来じゃないか。大ヒットを期待しているよ、山田《やまだ》室長」

「ありがとうございます、統括部長。ご期待に添《そ》えるように頑張《がんば》りますので」

慇懃《いんぎん》に言うのは、第一企画室の山田室長。

前にいた室長の金森は、『Feu l'Amour』のコンペティションに負けた直後に、田舎《いなか》の販売《はんばい》店に異動願いを出した。仕事にかまけて無理やり抱こうとした相手のオレと、それを止めた西園と一緒《いっしょ》に仕事をするのは、あの男でもさすがに居心地が悪かったんだろう。

山田室長は金森の後がまになるために、営業部から配置転換《てんかん》で来た叩《たた》き上げだ。何かコンプレックスを持ってるみたいで、ちょっとしたことで「私にはセンスがないと言いたいのか？」と怒鳴《どな》ってヒステリーを爆発《ばくはつ》させる。かなり扱《あつか》いづらい上司だ。

金森がいなくなったらちょっとは居心地がよくなるかと思われた第一企画室は、売り上げと上部への受けばかり気にする山田室長のせいで、ますますヤな雰囲気《ふんいき》になってきた。

『Feu l'Amour』のヒットのおかげで花形（と言われてる）の第一企画室に配置《はいち》換《が》えされそうだったオレは、それをきっぱりと断ってまだ第二企画室にいる。

……あんな上司の下で働くのなんか、死んでも嫌《いや》だ。

第二企画室の室長の成田さんはすごくセンスがあるし、話の解《わか》るすごくいい上司。それに一緒に働いてる人たちも、のんびりしていていい人ばかり。社内の聞こえは地味でも、第二企画室で楽しく仕事をする方が、オレにはずっと性《しょう》に合っている。

「しかし、こう社内コンペに負けてばかりでは、第二企画室の撤廃《てっぱい》を、また社長に進言しなくてはならないかもしれないなあ」

恩田統括部長の声に、第一企画室のメンバーがニヤリと笑うのが見える。

『Feu l'Amour』の大ヒットのおかげで、第二企画室が社内で注目を集め、彼らは面白《おもしろ》くなかったみたい。八カ月前よりもずっと風当たりがつよい。

「そういえば、この間第二企画室が企画した新作のマスカラ、売り上げ低調みたいだな」

山田室長に嫌味っぽい声で言われて、オレは思わず唇《くちびる》を噛《か》む。

「『Feu l'Amour』はあんなにヒットしたのに……まさか、あれ一度だけでおしまいってことはありませんよねえ、成田室長？」

その言葉に、第一企画室のほかメンバーがくすくす笑って、

「っていうか、あれは単なる西園さんのおかげ、ってやつじゃないのかな？」

「要するに、香川さんは西園さんなしじゃ何もできないってことですか？」

オレの一番痛いところをついてから、わざとらしく、

「ああ、もちろん冗談《じょうだん》だからね！」

「そんな顔されたら困っちゃうなあ。僕らも香川さんの仕事には、もちろん一目置いているん

ですよ？」

ミーティングテーブルの下で強く握《にぎ》りしめたオレの拳《こぶし》を、隣《となり》に座っている成田室長がそっと叩いた。

目を上げると、彼は、頼《たの》むから今だけ我慢《がまん》してくれ、と言いたげな顔をしていた。

「……う……」

……もちろん、解ってますってば！

「さて。次の企画会議は一カ月後だ。次のシーズンに出すためのメイクアップグッズの新シリーズのコンペティションを行う」

統括部長の言葉に、オレと成田室長は姿勢を正す。統括部長は、

「次こそは頑張ってくれよ、成田室長。でないと本当に撤廃なんてこともあり得《う》るからな」

全然期待してないって感じの声で言って、席を立つ。それからさっさと会議室を出ていってしまう。

「あ、統括部長、ランチをご一緒してもいいですか？　近所にいい店が……」

いかにも腰巾着《こしぎんちゃく》って感じで言って、山田室長が彼のあとを追う。

第一企画室の面々は得意げな顔でプレゼンボードを片づけ、オレたちに哀《あわ》れみの視線を送って部屋を出ていく。

「よく我慢しましたね。今にも殴《なぐ》りかかりそうな顔をしていたから、今日こそ大喧嘩《おおげんか》になって

しまうかと思ってしまいましたよ」

成田室長が楽しそうに言う。オレはプレゼンボードを片づけながらため息をついて、

「すみません、オレ、血の気が多くて」

「叱《しか》ってるわけじゃありません。君の反応は正しい。若いっていいですねえ」

楽しそうに言ってから、ふいに真面目《まじめ》な声になって言う。

「私も悔《くや》しくないわけではありません。でも、彼らに思い知らせるには殴ってもダメです。仕事で一泡《ひとあわ》吹《ふ》かせてやらなくてはね」

彼の静かな口調に、オレの中の熱がゆっくり冷めていく気がする。

「そう……ですよね」

……本当にそうなんだ。オレにもよく解ってる。

……だけど、西園がいなかったら何もできないんじゃないかって言われると、なんだかすごくつらいんだ。

オレは小さくため息をつく。

……それはきっと、ある意味真実だからで……。

一緒に暮らし始めてから、オレは西園がどんなにすごいかを改めて知った。

西園は、仕事が殺到《さっとう》して質が落ちることを嫌《きら》って、自分の連絡先《れんらくさき》を業界に秘密にしていた。

でも、彼が一度仕事をしたことのある会社の担当者たちはもちろん彼の連絡先を知っている。

西園のところには、彼にオリジナルの香水《こうすい》を調香して欲しいというオファーが、ひっきりなしに入る。

電話の相手は、世界中のとんでもない大企業や、トップデザイナーたち。

驚《おどろ》くような面々からのオファーを、西園は失礼にならない程度にあっさりと断ってしまう。

そしてオレに向かって、「これからはおまえからだけの依頼《いらい》を受けたいからな」って言ってくれる。

……それは本当に嬉《うれ》しいし、光栄なことだ。

……だけど、仕事がうまくいかないこういう時には……。

オレはプレッシャーを感じそうになって、慌《あわ》てて気持ちを切り替《か》えようとする。

……落ち込んでどうする、オレ？

……それよりも、次のプレゼンを頑張らなくちゃ！

自分を励《はげ》ましながら、成田室長と一緒に会議室を出て、第二企画室の部屋に向かう。

「お帰りなさい！　どうだった？」

言ったのは、古田洋子さん。

彼女はもともと、店舗《てんぽ》で仕事をしてきたキャリアウーマンで、長年希望して本社の営業部に異動になり、だけど営業部長とケンカしてこの第二企画室に異動させられてしまった。だけど、現場にいた人だけあって、商品にはすごく詳《くわ》しいし、すごく頼《たよ》りになる。最初は営業にいられないことにショックを受けていた彼女だけど、今ではこの第二企画室での仕事を楽しんでいるみたいだ。

「あらあ……もしかしてダメだったのかしら？」

オレと成田室長の顔を見て、古田さんが残念そうに言う。成田室長が、

「申し訳ない。僕の押しが足りなかったかな？」

「いいえ、恩田統括《とうかつ》部長のセンスが足りないんですよ。あんないい企画を没《ぼつ》にするなんて」

古田さんは、怒《おこ》ったように言う。

「そうですよね。香川さんが作ったプレゼンボードもめちゃくちゃ綺麗《きれい》でしたし」

言ったのは、来栖准くん。このメンバーの中では一番の新人。

スーツが高校の制服みたいに見える、華奢《きゃしゃ》な身体《からだ》つきをした、かなりの美青年だ。ある取締役《とりしまりやく》の強力プッシュで入社したらしいんだけど、顔が綺麗なせいでその取締役とのホモ疑惑《ぎわく》の噂《うわさ》を立てられて、入社早々この企画二課に異動させられてきた。

その取締役は来栖くんのセンスと熱意に惚《ほ》れ込んだだけだし、来栖くんは女の子の手すら握ったことのない純情青年。その二人が不倫《ふりん》なんかできるわけがないのは一目瞭然《いちもくりょうぜん》。ただのゴシップの被害者《ひがいしゃ》だ。でもこの部署の雰囲気が合ってたみたいで、今はすっかり馴染《なじ》んでる。

「まあ、次を頑張ればいいということです。会議の報告をしたいので、ミーティングテーブルに集合してくれませんか？」

そして。室長の成田雅人さんは、二十八歳。

もともとは超《ちょう》・花形の海外事業部にいた人で、ハンサムで背が高くてスタイルがいい。だけどこの課に異動になったってことは……謎《なぞ》の過去があると噂されている。

海外事業部では男性用の香水を扱《あつか》っていた人で、香《かお》りに関する知識はすごく豊富。オレたちを束ねる上司としては理想的な人だ。

「次の社内コンペで勝たないと、またうるさいことになりそうなんですよ」

成田室長の言葉に、古田さんと来栖くんは青ざめた顔で身を乗り出す。

「もしかして、また撤廃とか言っています？」

「ひどいです！　この間撤廃案は撤回したばっかりなのに！」

「あそこは、そういうところなんです。『Feu l'Amour』以来、オレたちにめちゃくちゃライバル意識を燃やしているし。隙《すき》あらば、って感じ」

オレがため息をついて言うと、成田室長は笑って、

「まあまあ。もうちょっと前向きに考えましょう」

「そうですね」

オレはため息をついて、

「気合いを入れるいい機会と思った方がいいかも。……次の企画、頑張《がんば》りましょう」

成田室長がうなずき、ミーティングテーブルの上に書類を広げる。

「次の企画対象は、新しく展開するメイクアップグッズのシリーズです。ここ最近なかった、かなり大がかりな企画になるでしょうね」

「これに勝てば、ここ最近のコンペの名誉《めいよ》挽回《ばんかい》ってことですね？」

来栖くんが張り切った声で言う。成田室長はうなずいて、

「ええ。シリーズの内容もこちらに任せられるようですからやりがいはあるでしょうね」

「ええと、メイクアップグッズのシリーズというと……たいていは、ファンデーション、アイシャドウ、口紅の三点かしら？　付属でアイライナーとかリップライナーとか？」

古田さんが、考え込むような声で言う。オレはため息をついて、

「それっていくらでも商品が出てるから、すごく難しくないですか？　会議中、統括部長は、例によって『斬新《ざんしん》で新しい企画を』とかって連呼してたけど……」

「あの人の言う斬新ってなんなのよ？　第一企画室の企画なんていつも全然斬新じゃないし」

古田さんの言葉に、成田室長が苦笑して、

「内容は三点とは限りません。本当にいい企画が出れば、いくらでも展開できるということです。例えば、口紅のシリーズだけで何種類も出してもいいし、アイシャドウ関連のシリーズにしたければ、マスカラとアイシャドウ、アイライナーをすべて出しても構いません」

「うう～ん。枠《わく》が大きいだけに考え付かないですね。パッケージや容器を今までなかった目新しいものにする、とか？」

オレが言うと、古田さんは首を傾《かし》げて、

「女性は、たいてい一人一人がもうお気に入りのブランドがあるのよ。ディアールだの、グランだの。パッケージは恰好《かっこう》いいし、一流だから持ってるだけで箔《はく》も付くし」

女性代表、って感じで肩《かた》をすくめる。

「今さらホウセイドーに替えさせるには、そうとう新しくないとね」

「うう〜ん」

成田室長と来栖くん、そしてオレの三人は、揃《そろ》ってうなり声を上げる。

……女心は、めちゃくちゃ難しい……。

会議は続き、さまざまな意見が出たけれど、目新しいアイディアは全然でなくて。

オレは、いけないと思いながら、またプレッシャーを感じてしまう。

……ああ、頑張って、次のヒット商品を生み出さなきゃいけないのに……。

西園孝明

「君が作ってくれた香水は、今では我が社で一番売れている商品だ。次々に売り上げの最高新記録を樹立し、そしてさらに売り上げを伸《の》ばしている」

向かい側に座った男は、満足げに言ってワインを一口飲む。

「今回会ってもらったのは……我が社の専属になって欲しいというオファーだ。何度も何度もしつこいと言われてしまいそうだけれど」

笑いながら言う彼の名前は、オリヴィエ・グラン。二十八歳。

癖《くせ》のある黒髪《くろかみ》と、黒い瞳《ひとみ》をした、見栄《みば》えのするハンサム。

逞《たくま》しい肩で高いスーツを着こなしたところは、モデルのようだが……実は彼はこの若さで大《だい》富豪《ふごう》のグラン一族の当主を務め、世界的な企業《きぎょう》、グラン社をまとめている社長。

調香師をしていた私の父は、実はフランスでも有数の富豪の出だ。その縁《えん》で、グラン一族とは昔から縁が深い。このグランと私は、子供の頃《ころ》からよく知っている間柄《あいだがら》だ。

俺は、自分は研究者タイプだと思っている。許されるのなら、父のようにアトリエに籠《こ》もって利益のことなど考えずに自分の香りを研究し続けたい。

だが、幼馴染《なじ》みであるグラン経由だったためにどうしても依頼を断れず、作った香水《こうすい》が爆発《ばくはつ》的なヒットをとげてしまった。そして俺のところにはオリジナル香水の調香の依頼が殺到《さっとう》し、厳選した仕事だけを受けたのだが、それがまたヒットした。

今から後戻《あともど》りするのは、様々な人に迷惑《めいわく》がかかるだろう。

……だが……亮介以外の人間とは、できれば仕事をしたくない。

俺は、愛《いと》おしい亮介の顔を思い出す。

未《いま》だに自覚はないようだが、亮介はとても素晴《すば》らしいセンスの持ち主だ。そして俺の創作意欲を限りなく刺激《しげき》してくれる。

彼といれば、俺はいくらでも素晴らしい作品が作り出せそうな気がする。

……亮介のセンスに見合うように腕《うで》を磨《みが》き、彼が望む最高のものを作り上げてやりたい。

俺は趣味《しゅみ》で香水店を開いているのだが、取材拒否《きょひ》の入りづらい店のうえに、店に置く商品は実験も兼《か》ねて採算度外視で作っている。店の儲《もう》けは、微々《びび》たるものだ。

だが、今までしてきた調香の報酬《ほうしゅう》は、莫大《ばくだい》なものになっている。買い取りではなく、売れるごとに報酬が入る歩合制にしていたおかげで、私の銀行口座の残高は増え続けている。

さらに。亮介に金の話などしないので彼は知らないのだが、父が亡《な》くなった時、俺は莫大な遺産を相続している。

もともと働かなくても、亮介と二人で一生贅沢《ぜいたく》に暮らし、それでもあり余るくらいの金はじゅうぶんに持っている。

亮介は、鳳生堂の払《はら》う調香料がほかの大手ブランドに比べてじゅうぶんでないことを心配しているようだが……俺はもともと金のために働く必要などない。報酬の善《よ》し悪《あ》しで仕事を選ぶ必要はないのだ。

最初の香水を発表して以来、俺はずっと馬車馬《ばしゃうま》のように働かされ続けてきた。俺が今一番欲しいのは、もちろん金でも名声でもなく、酷使《こくし》した感覚を休められるだけの余裕《よゆう》と、そして次の創作意欲を湧《わ》かせるための亮介との時間だ。

そのために俺は新しい依頼《いらい》をすべて断り、今まで受けてしまっていた依頼だけをこなしていた。そして今回のこの仕事が、外部からの最後の依頼になる。

……この仕事が終わったら、亮介のために時間をもっと割《さ》くことができる。

趣味で小さな香水店のオーナーを務め、亮介の企画《きかく》した香水の調香と、新しい香水のための実験に時間をかける。それは俺の理想の生活だった。

……そのためには、いくら幼馴染みとはいえ……。

「グラン。一つ、話があるんだ」

俺が言うと、グランはそのハンサムな顔ににっこりと笑《え》みを浮《う》かべる。

「なんだ？　専属契約《けいやく》を結んでくれるなら、なんでもするよ。契約金でも、待遇《たいぐう》でも……」

私は手を上げて彼の言葉を遮《さえぎ》って、

「今回の仕事は、以前から約束してあったものだ。だから今回は仕事を受ける。だが……」

　俺は、グランの顔を見つめて言う。

「……多分、これがおまえの会社でする、最後の仕事になると思う」

　グランはとても驚《おどろ》いた顔をし、そのまま固まる。

「……嘘《うそ》だろう……？」

「嘘じゃない。……専属のオファーをありがとう。だが俺は今後、一人からの依頼しか受けないことにしたんだ」

「……どういうことだ？　どこかの企業の専属になると？」

「いや。恋人《こいびと》ができた。彼は鳳生堂の社員なんだ。……俺は彼の人柄《ひとがら》とセンスに惚《ほ》れた。今後、彼からの依頼しか受けたくない」

「……本当なのか……？」

　愕然《がくぜん》とした顔の彼に、俺はうなずいてみせる。

「ああ。もちろん、今回の仕事は、責任持って調香させてもらう。……この話のせいで俺に愛《あい》想《そ》をつかしたのなら、別の調香師に依頼してくれても構わないが」

　俺の言葉に、彼は慌《あわ》てたようにかぶりを振《ふ》る。

「まさか。私は君に作って欲しいし、今断られたら、前社長であるお祖母様《ばあさま》が、どんなに悲しむか……」

　彼の祖母に当たる人は、グラン社の前社長。香水にとても理解の深い人だった。

今は引退して悠々自適《ゆうゆうじてき》に暮らしているが、彼女には父も俺も本当に世話になった。

「それなら、これが最後の仕事だ。……お互《たが》いに頑張《がんば》っていい作品にしよう」

俺がテーブル越《ご》しに右手を差し出しながら言うと、彼は少し考え、それからため息をついて私の右手を握《にぎ》る。俺たちは短い握手《あくしゅ》をかわした。

「最後の仕事などと言われて本当はうなずきたくないが……解《わか》った。こちらからも精鋭《せいえい》を送るよ。いつものようにフランシス・レチュに担当させる」

「彼ならセンスも合っているし、とてもやりやすい」

俺はホッとしながら言う。

「打ち合わせのためにパリに行く。……俺が惚れ込んだ、その彼も、連れていくつもりだ」

「解った。どんな人が君の心を蕩《とろ》けさせたのか、じっくり観察させてもらう」

グランは楽しげに言い、俺はかなり本気になりながら、

「言っておくが、彼に手を出したら命の保証はないと思えよ」

俺の低い声にも、彼は平然と肩をすくめて、

「どうだろう？　約束はできないな。なんせ……」

彼は私に向かって片目をつぶってみせる。

「半分は日本人である君に比べて、私は百パーセント、愛の国、フランスの人間だからね」

……まったく、この軽ささえなければ、いい友人なんだが……。

香川亮介

「有給取って……フランスに?」

夕食の席。彼の言葉に驚いて、オレは言う。

「なんでそんな急に?」

「ここのところ忙《いそが》しくて構ってやれなかった。それに……おまえ、最近ちょっと疲《つか》れているだろう?」

その言葉に、オレはギクリとする。

……そうかもしれない……。

……だってあれから、全然企画が立てられない……。

第二企画室のほかのメンバーたちも、いろいろと頑張って企画を立てている。だけどやっぱりみんな香水をやりたいみたいで、統括《とうかつ》部長から出された化粧品《けしょうひん》のシリーズっていうと……なかなかいいアイディアが出ない。

どうやらみんなオレに期待してくれてるみたいで、ことあるごとに視線が集まるけれど……オレは、彼ら以上に香水《こうすい》のことで頭がいっぱいで。

西園に新しい香水を依頼したい、ってことばかり考えちゃって。

……化粧品と香水、その二つの接点が思い浮かべば、西園に依頼もできるんだけど……。

……無香料が主体になってる化粧品に、今さら強い匂《にお》いを付けるなんて、業界では時代錯誤《さくご》って言われそうだし……？

「亮介」

西園の声に、考えに沈《しず》みそうになっていたオレはハッとする。

「……え？」

「明後日《あさって》から十日間、有給を取れ。飛行機のチケットはこっちで用意する」

「そんな強引《ごういん》な……オレ、企画を立てなきゃいけないし……！」

オレの反論を西園は手を上げて遮る。

「会議まではまだ三週間あるんだろう？　あっちにいる一週間で企画を完璧《かんぺき》にし、戻《もど》ってきてから細部を詰《つ》めてもじゅうぶんに間に合うはずだ」

「……だけど……」

「しかもおまえはずっと働きづめで、有給を全然使っていない」

……確かに、有給はほとんどまるまる残ってる。

「リフレッシュして、いい企画を考えるんだ。毎日そんな顔をしていても、アイディアは浮かばないだろう？　企画室のメンバーもきっと解《わか》ってくれる」

彼の言葉に、オレは思わず言葉を失う。

……暗い顔をしてるの、気づかれてた……？

「俺はパリでちょっとした打ち合わせをしなきゃならない。それが済んだら、グラースに行かないか？」

彼の言葉に、オレの心臓がドキリと高鳴った。

「……グラース……？」

グラースは、南フランスにある、知る人ぞ知る香水製造のメッカ。

そして……この西園が子供時代を過ごした場所でもある。

「俺の父親のアトリエはまだ残っている。俺が住んでいた家も、昔のままのはずだ」

……彼と同じく、伝説の調香師といわれた、彼のお父さんのアトリエ……。

……そして愛する西園の故郷……。

思っただけで、鼓動《こどう》が速くなる。

西園はテーブルの上に置いていたオレの手を、そっと握りしめる。

「せっかく結ばれたのに、忙しすぎて、まだハネムーンも済ませていない。……どうだ？」

甘い声で言われ、あたたかな手で手を握られて……オレの鼓動がさらに速くなる。

「まあ……取材ってことにすれば、みんな文句なんか言わないだろうけど……」

「よし、決まりだ」

優《やさ》しい声で言われて、オレの頬《ほお》がますます熱くなる。

＊

「ミスター・ニシゾノ！」

声がして、誰《だれ》かが駆《か》け寄ってくる足音が聞こえる。

「お久しぶりです！　またお仕事をご一緒《いっしょ》するのを、ずっと楽しみにしていたんです！」

すごく綺麗《きれい》な発音のフランス語。西園から特訓を受けているとはいえ、まだフランス語にいまいち自信のないオレにはすごくありがたい。

振り返ると、そこに立っていたのは、思わず見とれるような美しい青年だった。

サラサラの金の髪《かみ》。

透《す》き通るような白い肌《はだ》。

細い鼻梁《びりょう》と、バラ色の唇《くちびる》。

長い睫毛《まつげ》の下の、宝石みたいな緑色の瞳《ひとみ》。

優しそうな雰囲気《ふんいき》の、どこか儚《はかな》げな、だけどドキドキするほど美しい青年だ。

……うわ、さすがパリ！　スクリーンでしかお目にかかれなさそうなこんな美青年が、街を普《ふ》通《つう》に歩いてるなんて！

彼は儚げな笑《え》みを浮《う》かべて、優雅《ゆうが》な足取りで近づいてくる。

西園を真っ直《ます》ぐに見つめる、その美青年の表情を見て……オレはドキリとする。

それはまるで、ずっと会えなかった愛《いと》おしい恋人《こいびと》でも見つめるような……？

「嬉《うれ》しいです、またお会いできて」

彼の目に、ジワリと涙《なみだ》が浮かぶ。

「おおげさだな、レチュ」

西園が、なんだかすごく優しい顔で、彼に笑いかける。

……う……っ！

オレは、二人のその様子を見て、思わず硬直《こうちょく》する。

背が高く逞《たくま》しい西園と、すらりとしたその青年が向き合う姿は、なんだかそのままポスターになりそうなほど麗《うるわ》しくて……。

……彼は、いったい誰なんだろう？

オレは二人から目が離《はな》せないまま、一人で青くなる。

……もしかして、まだ未練のある、昔の恋人だったりして……？

レチュと呼ばれた青年は頬を染めて西園を見上げ……それからふいに視線に気づいたかのようにオレを振《ふ》り返る。

彼の端麗《たんれい》な顔に、驚《おどろ》いた表情が浮かぶ。

「……あ……」

彼の頬が、照れたようにふわりと赤くなる。

「す、すみません。ご一緒の方がいらしたのですね」

……うわ、純情そうでめちゃくちゃ可愛《かわい》い……。

「ああ。彼は、リョウスケ・カガワ。俺の恋人だ」

平然と言われた言葉に、オレは驚いてしまう。

……今、オレのこと、恋人だって言ったよね？

……そんな簡単に、カミング・アウトして、いいわけ？

「……え？」

レチュは呆然《ぼうぜん》とした顔で西園を見つめ、それからオレに目を移す。

彼の形のいい眉《まゆ》が、なんだか少しつらそうに寄せられたのをオレは見逃《みのが》さなかった。

「そう……なんですか」

彼の声が少しかすれたのを聞いて、オレは確信する。

……彼はきっと、西園に片思いしてたんだ。

……っていうか、こんな顔をするってことは、過去形じゃなくてきっと今も……？

西園は、言葉遣《ことばづか》いは乱暴だけど才能に溢《あふ》れていて、それだけじゃなくて本当に優しい。

だから、きっと西園に夢中になってしまう人間は男女問わず多いはずで……。

オレは思わず西園の横顔を見上げてしまう。

……オレみたいな、綺麗《きれい》でもなんでもない平凡《へいぼん》な男を……彼はどうして恋人として選んだんだろう？

……それに……。

日本でのことを思い出して、心がズキリと痛む。

……オレには、センスも才能もないのに……。

「あの……」

レチュが、その綺麗な顔に儚げな微笑《びしょう》を浮かべてオレを見つめる。

「……フランシス・レチュといいます。初めまして」

「は、初めまして。リョウスケ・カガワです。ええと……」

オレは必死で平静を装《よそお》いながら、西園を見上げる。

……彼は誰？　あんたとどういう関係なんだよ？

……昔の恋人、とか言わないでくれよ？

オレは、柄《がら》にもなく願ってしまうけど……。

「彼とは前に仕事をしたことがある。彼は『グラン』社の企画室《きかくしつ》に勤めている」

「……えっ？」

「彼とは何本も仕事をしていて……ああ、『CENT』を企画したのも、彼だよ」

その言葉に、オレは愕然《がくぜん》とする。

……『CENT』？

それは、化粧品《けしょうひん》業界の歴史に残ると言われた伝説の名品だ。

グラン社の創立百周年記念に百本限定で発売されたもので、バカラが特別に作ったフラコンに入ってて、一本が二十万円もする、とんでもない高級品。

大嫌《だいきら》いだった第一企画室の金森室長が付けていたせいで……というか彼は別の強い香《かお》りの整《せい》髪料《はつりょう》とかも使ってたから、香りがめちゃくちゃになってたんだ……オレは一時『CENT』の香りがすごく嫌いだと思っていた。それで西園に『CENT』に似た香りだけはやめてくれ、って注文をしちゃって。だけど大好きだと思っていた西園の香りも、実は同じ『CENT』だった。

それでオレは、付ける人によって、香りの印象が全然違《ちが》うんだってことを初めて知った。

西園は愛用のコロンを『Feu l'Amour』に変えたけれど、あれがきっかけで、今ではオレは『CENT』の香りが大好きになった。その香りの素晴《すば》らしさを心から認めている。

そして。『CENT』は、香りはもちろんだけど、フラコンも、パッケージも、そしてCM展開までもが完璧《かんぺき》だった。化粧品業界の歴史に残る、大プロジェクトだったと言ってもいい。

……それを企画したのが……？

「あ、すみません。名刺《めいし》をお渡《わた》ししますね」

レチュが言い、内ポケットからセンスのいいスエードの名刺ケースを取り出す。

白くて華奢《きゃしゃ》な指が、その中から名刺を一枚抜《ぬ》く。

「『グラン』パリ本社の第一企画部に勤めています。フランシス・レチュです。よろしくお願いいたします」

オレに向かって丁寧《ていねい》に言い、名刺を差し出す。

「ニシゾノさんがフランスにいらっしゃる時には、公私共に本当にお世話になりました」

彼の言葉に、思わずドキリとする。

……公私共に……？

オレは、いかにも高級そうな紙に刷られたそれをマジマジと見つめる。

……ずっと憧《あこが》れてた『グラン』の社員。

……しかも、西園と一緒に『CENT』を作った人。

……そんな人と知り合いになれたなんて、本当なら嬉しいことのような気がするけど……。

オレは暗澹《あんたん》たる気持ちになりながら、思う。

……『CENT』を作ったのが、オレとほとんど歳《とし》の変わらないこんなに若い人だったなんて。

……なんだか、さらに落ち込みに拍車《はくしゃ》がかかりそうなんだけど……。

「……あ……」

レチュがオレを見つめたまま動きを止めている。オレは自分も名刺を渡さなくちゃいけないことに気づく。

「あ、ええと……」

オレは慌《あわ》ててポケットを叩《たた》き、名刺入れを捜《さが》す。

……会社からそのまま飛行機に飛び乗ったから、どっかに入ってるはずなんだけど……。

オレは焦《あせ》りながら、内ポケットに入ってた名刺入れを取り出す。

安い合皮の名刺入れ。第一企画室の時よりも紙の質もフォントも安っぽくなった見栄《みば》えの悪い名刺。

オレはいつにも増して情けなく見えるそれを、英語の方を上にして彼に差し出す。

「初めまして、リョウスケ・カガワです」

「ありがとうございます」

レチュは丁寧に言ってオレの名刺を受け取り、それからふいに目を見開く。

「……『ホーセイドー』？」

オレの名刺を見つめ、彼が驚いた声で呟《つぶや》く。

「……まさか……あなたは『Feu l'Amour』の……？」

レチュがかすれた声で言い、西園を見上げる。

「そう。亮介は『Feu l'Amour』を企画した人間だ。彼の依頼《いらい》で、俺はあれを作り上げた」

西園の言葉に、レチュの顔に愕然とした表情が浮《う》かぶ。

「……あ……」

彼の表情の意味が、オレはなんだか解《わか》りすぎるほど解ってしまった。

……もしもオレが逆の立場だったら、やっぱりショックを受けるかも……。
……天才である西園が、別の人間と組んで仕事をするなんて……。
思っただけで、心がズキンと痛む。
……きっと、すごくつらくて……。
レチュが、ふいにオレに目を移す。
彼の青い瞳《ひとみ》には、なんだかすごく悲しげな光があった。
……やっぱり彼、西園のことが……。
「ニシゾノ。もう到着《とうちゃく》していたのか」
後ろから声がして、オレはハッと我に返る。
振《ふ》り返ると、そこにいたのはまるでプロのモデルみたいに見栄えのする男性だった。
背が高く、肩幅《かたはば》が広いモデル体形を包むのは、いかにも高そうなダークスーツ。
黒い瞳と、黒い髪《かみ》が印象的な、ノーブルな感じのすごい美形。
……西園と並んでも見劣《みおと》りしないようなハンサムなんて、なかなかお目にかかれない。
思わず見とれてしまっていたオレを、彼は驚《おどろ》いた顔で見下ろしてくる。
「……あ……」
彼はオレを見つめ……それからいきなり苦笑《くしょう》する。
「まいったな。友人の恋人《こいびと》が、こんな美人だなんてね」

「……は……？」

呆然《ぼうぜん》とするオレに、彼が片目をつぶる。

「とても好みだ。私からデートに誘《さそ》われたら気を付けてくれ。下心ありだからね」

冗談《じょうだん》っぽい口調で言われた彼の言葉に、西園が反応する。

「グラン。彼に手を出したら殺すぞ」

「解っている、解っているよ」

グランと呼ばれた彼は笑いながら、降参、というように手を上げる。

……グラン……？

オレは、レチュの顔と、グランと呼ばれたハンサムの顔を見比べる。

……レチュは『グラン』社の社員。そして、彼の名字は……？

「失礼。私は、オリヴィエ・グラン。グラン社の社長を務めている。ニシゾノとは小さな頃《ころ》からの友人だ」

「そうなんですか？」

オレは今さらながらに、西園のとんでもない交友関係に驚いてしまう。

「そう、彼のことならなんでも聞いてくれていいよ」

彼は言って、名刺入れから出した名刺を、気楽にオレに渡してくれる。

「あっ、すみません！」

オレは恐縮《きょうしゅく》しながらそれを受け取り、そして自分の名刺を彼に差し出す。

「鳳生堂第二企画室、リョウスケ・カガワと申します。よろしくお願いします」

彼は丁寧な仕草で名刺を受け取り、オレに笑いかける。

「君は、あの『Feu l'Amour』を企画した人なんだってね。そして、この男のハートを蕩《とろ》けさせてしまった張本人というわけか」

グランさんは、ハンサムな顔に妙《みょう》にセクシーな笑《え》みを浮かべる。

「よろしく。君に会えてとても嬉《うれ》しいよ」

「はあ、こちらこそ」

グランさんに手を差し出され、握手《あくしゅ》に慣れていないオレは恐《おそ》る恐るそれを握《にぎ》る。

何かを語るように、キュッと握りしめられる。

空気が動いた瞬間《しゅんかん》、ふわ、と香《かお》った彼の香りに、ちょっとドキリとする。

だって、グランさんが付けているのは……。

「やっぱり自社の『CENT』を付けていらっしゃるんですね？」

オレは思わず言ってしまう。彼は驚いたように目を見開いて、

「いや、コロンは付けていないが……」

言いかけてから、思い出したように、ああ、と言う。

「コロンではなくて、新しく作った『CENT』のバスソープだな」

「え？『CENT』のバスソープが発売になったんですか？ 知らなかったです」

職業柄《しょくぎょうがら》、思わず聞いてしまうオレに、彼は笑いかけて、

「いや。まだだよ。試作品がなかなか出来がよかったので、モニターも兼《か》ねて使っているんだ。……出がけにシャワーを浴びてきたからかな？」

腕《うで》を上げて、くんくんと匂《にお》いを嗅《か》いでいる。

一分の隙《すき》もないようなハンサムなのに、その仕草はなんだかすごく微笑《ほほえ》ましくて、オレは彼に好感を抱《いだ》いた。

……さすが、西園の幼馴染み。

……結構いい人かも？

「さすが、西園の恋人になるだけはある。素晴《すば》らしい鼻を持っているんだな。……浮気《うわき》をしたら嗅ぎつけられるぞ、ニシゾノ」

彼は楽しそうに言い、それからオレに向かって、

「さて。ランチのためにレストランを予約してある。ぜひご一緒《いっしょ》に」

「え？ あ、仕事の打ち合わせですか？ それならオレは先にホテルに……」

驚いているオレに、レチュが笑いかけてくる。

「仕事の話は明日からです。今夜はニシゾノさんとあなたの歓迎会《かんげいかい》を、と思って。……オマール海老《えび》のとても美味《おい》しいお店です。ぜひ」

「ええっ？　オマール海老なんて日本じゃなかなか食べられない！」

　オレは言ってしまってから、恐る恐る振り返る。西園はちょっと怒《おこ》ったような顔で、

「本当はすぐに二人きりになりたいが……オマール海老が食べたいんだろう？」

「……それだけじゃなくて、他社の企画部《きかくぶ》の人に会うなんて、なかなかない機会だし……」

　オレが言うと、西園は苦笑する。

「解ったよ。何か仕事の参考になるかもしれないしな」

「そうと決まったらさっさと出発だ。私のリムジンが待たせてある」

　グランさんが言って、オレの持っていた小型のトランクを取る。オレは驚いて、

「あ、自分で持てますから、グラン社の社長にそんなことをさせるなんて……」

「いや、気にしなくていいよ」

　彼は言って、肩《かた》をさりげなく抱いてくる。

「グラン」

　西園が怒った声で言って、グランさんの手からオレの身体《からだ》を奪《うば》い返す。

「亮介に気安く触《ふ》れるんじゃない。私のものだと言っただろう？」

「怖《こわ》いな。……これは私の悪い癖《くせ》でね。人の物でも、気に入ったら本気で口説いてしまう」

　グランさんは笑いながら言って、お茶目な感じでオレに片目をつぶってみせる。

「だが、君も好きになってくれたとしたら問題ない。好きになるのは自由だよ？」

「……は、はあ……」

……なんだか、面白《おもしろ》い人かも……？

「はあ〜、楽しかった！」

亮介は、はしゃいだ声で言う。

グランが予約していたのは、二〇〇三年に三ツ星を取得している名門レストラン『ル・サンク』。ホテル・ジョルジュサンクのメインダイニングだが、シェフがフィリップ・ルジャンドゥルに替わってから、確実に料理の質が上がった。そのために今ではほとんど予約の取れない名店になった。

「黒トリュフとポワロの前菜だろ、ロブスターの殻《から》付きスモークだろ、鴨《かも》のグリエだろ、それからティラミスと洋なしのシャーベット……！」

亮介は指を折りながら、メニューを復唱する。味を思い出すようにうっとりして、

「ああ……あんたの料理に匹敵《ひってき》するくらい美味しかったよ！」

その言葉に、俺は笑ってしまう。

「あの店のシェフは、もとタイユバンで修業《しゅぎょう》をしてきた三ツ星シェフだぞ。……それは褒《ほ》め言葉と取っていいのかな？」

俺が言うと、彼は素直《すなお》にうなずいて、

「うん、あんたの料理は、いつも本当に美味しい」

「よかった。きっとそれは、おまえが俺に夢中だからだな」

彼は俺を振り向き、それからいつものように強気の顔になって頬《ほお》を赤くする。

「性格は最悪だけどな！」

照れたように顔をそらす彼の髪が、涼《すず》しい船風に揺《ゆ》れている。

俺たちは、セーヌ川を上るクルーズ船の上にいた。

アルマ橋から船に乗り、アレクサンドル三世橋をくぐる。

右手にオルセー美術館、左手にチュイルリー宮とルーヴル美術館を見る。

ポン・ヌフ橋をくぐり、シテ島のノートルダム寺院を見て、貴族の屋敷《やしき》が建ち並ぶサン・ルイ島までの三〇分ほどのクルーズだ。

客たちは下の階のバーで飲んでいるらしく、甲板《かんぱん》に人影《ひとかげ》はない。俺たちは甲板に並んで立ち、パリの夜景を見ながら風に吹《ふ》かれている。

「こんな景色を二人占めなんて、贅沢《ぜいたく》すぎるよなあ」

亮介が、うっとりと夜景に見とれながら言う。

パサパサと不揃《ふぞろ》いで、うっとりするほど長い睫毛《まつげ》。

気が強そうにきりりとした眉《まゆ》。

気位が高そうな、スッと通った鼻筋。

その高貴な目鼻立ちのバランスを、ふっくらとした唇《くちびる》がわずかに崩《くず》す。

彼のやんちゃな性格を表すような、キラキラと煌《きら》めくその黒い瞳《ひとみ》。

そして、艶《つや》のある黒い髪《かみ》からふわりと立ち上る、気が遠くなりそうに甘い、彼の香《かお》り。

俺は横にいる美しい恋人《こいびと》に、思わず見とれ、彼の麗《うるわ》しい香りに包まれて酔《よ》いしれる。

……ああ……本当に、なんて愛《いと》おしい存在なのだろう……？

俺の切ない気持ちになど気づいていないであろう彼は、無邪気《むじゃき》に河岸の建物を指さして、

「あれがルーヴル美術館だよね？」

言って、ふいに真面目《まじめ》な顔になって、

「あそこに、なんか……ヒントがあるといいんだけど」

「メイクアップグッズのシリーズだったか？　新しい企画は」

「そうなんだ。だから、なんか新しいモチーフとかが美術館にないかと思って」

俺はその言葉に、ため息をついて、

「メイクアップグッズでは、俺の出る幕はないかな」

「うう〜ん。口紅とかも、最近は無香料《むこうりょう》に傾《かたむ》いてるみたいだし……だけど……」

亮介は言って、言葉を切る。

「どうした？」

「古田さんに嗅《か》がせてもらったんだけど、口紅とか、ファンデーションとかってそれ自体匂《にお》い

がきついよね。無香料になればなるほど油っぽい匂いが鼻につくっていうか」

「確かに。原料にかなりきつい油を使う場合が多いからな」

俺が答えると、亮介は手すりに肘《ひじ》をかけ、その上に顎《あご》をのせてため息をつく。

「だよね。女性って、よくあんなもん付けるよなって思って。オレってやっぱり女性の気持ちなんか解らないのかな？……マグレで当たったのも、男性用の香水だったし」

「マグレ？」

俺が聞くと、彼はハッとしたように俺の顔を見上げて、

「もちろん、あなたの調香の才能は本物だ。あの香水は素晴《すば》らしかった。だけど、あの成功はあなたが天才だったからじゃないかって……オレの企画者《きかくしゃ》としてのセンスって……」

ため息混じりのつらそうな声で言い、それからふいに笑う。

「ごめん、愚痴《ぐち》ってもダメだよね。頑張《がんば》らなくちゃ！」

言って、勢いよく拳《こぶし》を握《にぎ》りしめる。

「すんごい企画を立てて、第一企画室の連中に泡《あわ》を吹かせてやるんだから！」

俺は、その時の亮介の元気な様子に騙《だま》されてしまった。

「そうだな。頑張れ」

「言われなくたって頑張るよ」

俺はその時、暢気《のんき》に、彼をパリに連れてきてよかった、と思っていた。

その後、二人があんなことになることなど、想像してもいなかったんだ。

＊

「……今回のターゲットは、四十代以上のブルジョアのマダム。社交界の花、というのがコンセプトです」

説明をするレチュの声を聞くともなしに聞きながら、俺は内心ため息をつく。

……この会社の恒例《こうれい》ではあるがすべての会議に俺を連れ回すのは、本当に勘弁《かんべん》して欲しい。

会議室に集まったお偉方《えらがた》の視線は、好奇心《こうきしん》を浮《う》かべて俺に当てられている。

ここはグラン社本社の会議室。企画会議の一日目だ。

……亮介は今頃《いまごろ》何をしているだろう？　一人で退屈《たいくつ》してはいないだろうか？

……こんな会議がなければ、亮介とずっと一緒《いっしょ》にいられるものを……。

「この、伝説の調香師といわれたミスター・ニシゾノに調香をお任せすれば、素晴らしい製品ができ上がることは間違《まちが》いありません」

レチュが言った言葉に、お偉方たちは嬉《うれ》しそうに声を上げ、拍手《はくしゅ》をする。

……まったく、毎回、毎回。

会議が終わり、俺とレチュは、取締役《とりしまりやく》たちの期待の言葉を浴びながら会議室を出る。

「さて、これでとりあえず今日の会議は終わりだな？」

エレベーターを下り、エントランスホールを横切りながら、俺は確認《かくにん》する。

「はい。お疲《つか》れさまでした。明日は十時半から営業会議になります」

グラン社の本社は、シテ島のそば、セーヌ川沿いの一等地に立つ歴史ある建物だ。

俺たちは、並んでセーヌ川にかかるポン・ヌフを渡《わた》り始める。

夕暮れのパリの街が、オレンジ色の街灯に浮かび上がる。

煌めくセーヌ川は、まるで絵のように美しい。

レチュのいる企画室は本社とは別の建物で、対岸のルーヴル美術館の隣《となり》にあるビルの中だ。

そして当時俺がよく利用していたホテルは、ルーヴル美術館の裏側にあった。

会議の後、一緒にポン・ヌフを渡り、対岸にあるルーヴル美術館の前まで歩くのが、よく仕事をしていた頃《ころ》の二人の習慣だった。

この橋の上で香水について熱く語り合い、そして彼と共にいくつかの作品を残すことができた。その中でも一番気に入っているのが、あの『CENT』だ。

……ポン・ヌフを渡り切っても話が止まらずに、よく安いビストロに入って一緒にディナーにしたな。

俺は懐《なつ》かしく思い出す。

……ほんの二年ほど前のことなのに、とても遠い日の出来事のような気がする。

……それはきっと、亮介という運命の人に出会えたからで……。

「あの。よろしければディナーをどうですか？」

あの頃と同じレチュの言葉に、俺は今夜はかぶりを振《ふ》る。

「申し訳ないが、俺は帰らせてもらう」

レチュは驚《おどろ》いたように目を見開き、それから悲しげな顔になって言う。

「そう……ですよね」

彼のかすれた声に、心の中に憐憫《れんびん》がわき上がる。

「恋人と一緒の旅、ですもんね」

だが、俺は心を鬼《おに》にして、あえて慰《なぐさ》めの言葉を口にしない。

……いくら鈍感《どんかん》な俺でも、彼が昔から自分に心を寄せてくれていたことくらい解《わか》っている。

彼の言葉の端々《はしばし》には、何度も告白に近い言葉が挟《はさ》まれていたし。

……慰めの言葉をかけ、明るい顔をしてもらえれば自分の心は軽くなるだろう。しかし。

「旅、というよりハネムーンかな？　パリに誘《さそ》ってくれたグランに感謝しなくては」

俺はわざと明るい声で言い、レチュにおやすみを言って、背を向ける。

我慢《がまん》できずに振り返ると、レチュはその場に立ったまま、俺を見つめていた。

捨てられた仔犬《こいぬ》のような目に、良心がズキリと痛む。

「おやすみ、また明日」

俺は言い、今度こそ容赦《ようしゃ》なく彼に背を向ける。

……俺の心には、もう亮介《りょうすけ》しかいないんだ。

香川亮介

オレがいるのは、ルーヴル美術館の中にあるカフェ、『ル・カフェ・マルリー』。

オレは何かヒントが得られるかと思って、今日一日、ルーヴル美術館の中を歩き続けた。

『Feu l'Amour』のヒットが単なるマグレじゃないことを、ちゃんと証明したくて。

だから、彼らが驚くような企画を立てなくちゃいけなかったけど、何も浮かばなくて……。

収穫《しゅうかく》はなかったけど、このカフェが居心地《いごこち》がいいことと、ケーキセットが美味《おい》しいことだけは解った。

ハイシーズンには観光客でいっぱいになるということは、季節はずれのせいか、それとも天気のせいか、ほとんど人影《ひとかげ》がない。

長い回廊《かいろう》のような石造りのテラス席には、紫色《むらさきいろ》のベルベットが貼《は》られた一人《ひとり》掛《が》けのソファとカフェテーブルが一列に並んでいる。

重厚《じゅうこう》な柱の間に、ルーヴルの一部、ピラミッド型のガラスの建築のある広場が見渡せる。

街灯に煌《きら》めく広場の景色は、まるで絵はがきみたいに綺麗《きれい》。……だけど。

「……はあ……」

オレはコーヒーを一口飲み、そこでまたため息をつく。

オレの前には、ギャルソンがすすめるままに頼《たの》んだ、ネクタリンのタルトとミニチョコパウンドケーキ。カスタードのソースが添《そ》えられている。ヨーロッパのお菓子《かし》はかなり濃厚《のうこう》だろうと思ったんだけど、それは甘さが押さえめでかなり美味しかった。

お皿の脇《わき》には、広げたノート。オレが書き散らしたアイディアがページの上に並んでいる。

『斬新《ざんしん》な素材を使った容器？』『名前が変わってる？』『目新しいアイドルをイメージキャラクターにする？』……などなど。

ノートいっぱいに並んだアイディアは、読み返すといかにもくだらないものばかり。

オレはペンを握り、力を入れてそれらを×で消していく。

「……ばっかじゃないの、オレ？」

ほとんどのアイディアに×が付き、残っているものはほとんどない。

『原料の匂《にお》いが気にならない』『ブランド品に勝てるだけのインパクト』

オレは、ペンのお尻《しり》を額に押し付けて深いため息。

「……こんなの、当たり前じゃないか！」

「リョウスケくんじゃないか」

声がして、オレはハッと我に返る。

「あっ！」

そこに立っていた人を見て、オレは驚いてしまう。

「グランさん！」

そこにいたのは、レチュの会社の社長のオリヴィエ・グランさんだった。

「そこを偶然《ぐうぜん》に通りかかったら、君が座っているのが見えたんだ」

オレは不思議に思いながら、

「パリに住んでいらっしゃるあなたが、観光客でいっぱいのルーヴル美術館に？」

「ふふ、バレたか」

言いながら、オレの隣の席に座ってしまう。近寄ってきたギャルソンにさっさとコーヒーを注文してからオレに聞く。

「座ってもよかったよね？」

彼の人懐《ひとなつ》こい様子に、オレは思わず笑ってしまう。

「どうぞ。ちょうど頭を抱《かか》えて悩《なや》んでいたところですから。……ところでさっきのバレたかっていうのは？」

「昨日のランチの時、君は『明日からルーヴル美術館に通おうと思っています』と言っていただろう？　ルーヴルに来たのなら、ここで休憩《きゅうけい》しているだろうと思って覗《のぞ》いてみたんだ」

「……はあ」

「要するに、君を捜《さが》しに来たんだよ」

「え？　ええと……」

オレは不思議に思いながら、姿勢を正す。

「オレに、何か御用《ごよう》でしょうか？」

言うと、彼はいきなり楽しそうに笑う。

「あはは、本当に可愛《かわい》いなあ。あのニシゾノがメロメロになる理由がよく解る」

「『あの』？」

思わず聞いてしまうと、グランさんはしまったという顔をして、

「ああ……ライバルの悪口を言うのはフェアじゃないから。気にしないでくれ」

「そう言われたら、ますます気になります！」

オレが言うと、彼は言いづらそうな顔で、

「彼はあれだけのハンサムで、しかもパリ中の化粧品《けしょうひん》会社が鵜《う》の目鷹《めたか》の目《め》で捜していた伝説の調香師《ちょうこうし》だ。……パリにいる頃にはいろいろと華《はな》やかな噂《うわさ》もあった、ということだよ」

……華やかな噂……？

オレの心臓が、ドクンと跳《は》ね上がる。

ふいに、空港で見た、西園とレチュが向かい合っているところを思い出す。

……あの二人は、なんだかただの仕事仲間には見えなくて……。

「……あの、もしかして……」

いけない、と思いながらも、オレの口から言葉が漏《も》れてしまう。

「……西園と、レチュくんも噂に……？」

グランさんは眉《まゆ》を上げて、可笑《おか》しそうな顔をする。

「気になる？」

「そ……それは……ええ、まあ」

「じゃあ教えないでおこう」

イジワルに言って、ニヤリと笑う。

「私は君を一目で気に入ったんだ。西園とはフェアに戦いたいからね」

……なんだよ、それ？

……ますます気になるんだけど……！

「どうしても教えて欲しい？」

彼の問いに、オレは思わず深くうなずいてしまう。

「それなら条件がある」

「なんでしょうか？」

オレが思わず身を乗り出すと、彼はふいににやりと笑って、

「食事に付き合ってくれないか？」

「は？」

「どうせ西園はまだ会議だ。一人で夕食は味気ないだろう？……いいね？」

「ええと……」

オレは彼が何をしたいのか理解できないままに、

「……グランさんは社長さんなんですよね？　お忙《いそが》しくないんですか？」

オレの言葉に、彼は楽しそうに笑う。

「忙しい。でも君のために割《さ》く時間なら、たっぷりあるよ」

……やっぱり、変わった人かも。

＊

彼が連れてきてくれたのは、セーヌ川を見下ろせるレストランだった。

香《かお》りのいいワインと、たっぷりの温野菜。上等のローストビーフがオープンキッチンのオーブンで焼かれていて……その楽しい雰囲気《ふんいき》に、オレは落ち込みを思わず忘れてしまった。

食事の後。彼はオレに断って、洒落《しゃれ》たパッケージの細いシガリロに火を点《つ》けた。

「『ホーセイドー』にいたら、なかなか香水の企画《きかく》は立てられないだろう？」

彼の言葉に、オレはドキリとする。

……確かに、香水を作れるのは年に一回とか二回とかで。

「私の会社では、四カ月に一度のペースで新作の香水を発売している。調香師としてはちょうどいいペースだと思うんだよ」

彼はワイングラスを持ち上げて、一口ワインを飲む。

「……彼の天才的な才能を潰《つぶ》さないために、量産は望ましくない。だが仕事をしなさすぎるのも彼のためにならない」

静かに言われたその言葉に、オレの心臓がドキリと跳ね上がる。

「自分で香りの研究をする……と言っても限界があるだろう。プロの調香師というのは、客からの注文を受けてこそのプロなのだから」

彼はグラス越《ご》しにオレの顔を見つめて、

「望むと望まざるとにかかわらず、君は天才である彼の人生を握《にぎ》ってしまっている。……君には、彼を、自分の力で世界一の調香師にしておく自信はあるかな？」

目の前が、一瞬《いっしゅん》、暗くなったような気がした。

……オレが、彼みたいな天才の……。

言葉を失ってしまったオレの顔を覗き込み、グランさんは、

「脅《おど》かしてしまっただろうか？　ただ、今は調香師が職人のように隠遁《いんとん》していた時代は終わっている。優秀《ゆうしゅう》な調香師には、いい会社、そしていい企画者がつかなくてはいけない」

「それで『グラン』社から選ばれたのが……レチュくん、ですか」

オレの言葉に、彼は深くうなずいて、

「彼は本当に優秀だ。センスがあるし、何よりもニシゾノの香りを理解している」

オレの心が、壊《こわ》れそうなほど激しく痛んだ。

……オレは……どうなんだろう？

「それはもちろん、君もそうだろうがね」

彼は微笑《ほほえ》んでから、ふいに真面目《まじめ》な声になって、

「『ホーセイドー』は、香水よりも化粧品に力を入れている会社だ。せっかくニシゾノに調香してもらう権利を手に入れたというのに……企画もままならないだろう？」

彼の言葉に、オレは思わずうなずいてしまう。

「『ホーセイドー』の仕事をさせることが、本当にニシゾノのためになると思う？」

質問されて、オレは答えることができない。

……ああ、どうして答えられないんだろう……？

テーブルに置かれたオレの手を、彼の手がいきなり握りしめた。

「うちの会社に来ないか？」

「……は……？」

オレは驚《おどろ》きのあまり、その手を振《ふ》り払《はら》うことすら忘れる。彼はにっこり笑って、

「ニシゾノと一緒《いっしょ》にパリに来て、『グラン』社の企画室で働きなさい。ニシゾノに最高の環境《かんきょう》で

仕事をさせたかったら、それが一番だと思うよ」
オレは、グランさんの瞳《ひとみ》を見つめたまま、動くことすらできなかった。

*

彼の作った香りを知るたび、彼が本物の天才であることを思い知る。
……オレは、西園に最高の環境で仕事をして欲しいと思っている。
『ニシゾノと一緒にパリに来て、『グラン』社の企画室で働きなさい』
グランさんの言葉が頭をよぎり、オレの心がズキリと痛む。
……オレにはきっと『グラン』社で働くような才能はない。
……っていうことは、西園は、レチュと働くのが一番幸せなんじゃないだろうか？
オレの心の中に、何かが、ゆっくりと、重く沈《しず》んでいく。
オレは持っていたカードキーで部屋の鍵《かぎ》を開け、ドアを開いて……。
「あっ」
部屋の中が明るかったことに驚いてしまう。
……まさか、彼が先に帰ってきてたなんて。
オレはグランさんと一緒に食事をしてきたことを後悔《こうかい》する。

……早く帰ってきておけばよかった。

……そうすれば、彼と少しでも一緒にいられたのに。

リビングの真ん中には西園が立っていて、ペットボトルの水を飲んでいた。

「亮介、お帰り」

風呂《ふろ》から出てきたばかりらしい彼は、腰《こし》にタオルを一枚巻いているだけだった。

そのために、まるで彫刻《ちょうこく》みたいに美しい上半身が露《あら》わになっている。

陽《ひ》に灼《や》けた、滑《なめ》らかな肌《はだ》。

逞《たくま》しく張った肩《かた》、すらりと長い腕《うで》、そしてきっちりと引き締《し》まったお腹《なか》。

そしてタオルの裾《すそ》から覗《のぞ》く、筋肉の筋《すじ》を浮《う》き上がらせた見とれるような長い脚《あし》。

オレの心臓が、ドクンと高鳴った。

彼の腕に抱《だ》かれる快感が、身体《からだ》に甦《よみがえ》る。

頬《ほお》が、ふわりと熱くなる。

……ああ、もしかしてオレ、彼の身体を見ただけで発情してる？

「亮介、どうした？」

西園が言いながら、ゆっくりと近づいてくる。

「食事は？」

「え？　ああ……」

オレの脳裏《のうり》を、グランさんが言った言葉がよぎる。

『『ホーセイドー』の仕事をさせることが、本当にニシゾノのためになると思う？』

オレの心臓が、ズキリと痛む。

そしてオレは、なぜだかグランさんと食事をしていたことを言えなくなる。

「……あんたはどうせ遅《おそ》いだろうと思って、近くのカフェですませてきた」

「そうか。お帰り。一人にしてすまなかったな」

言って、彼の逞しい腕がオレを抱き寄せる。

彼が愛《いと》おしげにオレの髪《かみ》に顔を埋《うず》め……そして動きを止める。

「……コヒーバ・バナテラ……」

まるで呪文《じゅもん》のような呟《つぶや》きに、オレは呆気《あっけ》にとられる。

「なんか言った？」

「ああ、いや……」

彼はふいにオレの身体を離《はな》す。それからなぜかちょっと疲《つか》れたような笑《え》みを浮かべて、

「疲れただろう？　さっさと風呂に入ってこい」

「言われなくたって入ってくるよ」

オレは言って、逃《に》げるようにバスルームに入る。そしてバスルームの中で腕を上げ、自分のシャツの匂《にお》いを嗅《か》いでみる。

……別に変な匂いはしない。食べ物とアルコールの匂い。あと店が禁煙《きんえん》じゃなかったからちょっとタバコ臭《くさ》いだけ。別にバレるようなことはないよな？

オレは、ちょっとだけホッとする。

オレはその時、彼の嗅覚《きゅうかく》が人並みはずれていることを、少しだけ忘れていたんだ。

西園孝明

……亮介の髪からは、『コヒーバ・バナテラ』の香りがした。

それに気づいた時、ふいに俺は確信した。

……亮介は、今夜、グランと会っていた。

……そして彼は、そのことを俺に隠《かく》そうとした。

ベッドに座った俺は、手で顔を覆《おお》ってため息をつく。

……誰《だれ》と会っても構わない。だが、どうして秘密にするんだ？

『コヒーバ・バナテラ』は、グランがいつも吸っている細身の葉巻で、フランスではなかなか手に入らない珍《めずら》しい銘柄《めいがら》だ。彼は、ハバナからわざわざ取り寄せていると言っていた。

彼から漂《ただよ》ったのは『コヒーバ・バナテラ』、そして高価なワインや、グリルされた高級な肉の香《かお》り。

このホテルの近くのカフェは、どこもコーヒーと菓子《かし》、あっても軽いサンドイッチくらいしか出さないところばかり。そんな店で食事をして、あんな残《のこ》り香《が》がするわけがない。

彼は、きっとグランと一緒にレストランにいた。きっとそれが正解だ。

俺は手で顔を覆ったまま、またため息をつく。

グランはとてもいい人間だが、ゲイで、しかも彼の手の早さは尋常《じんじょう》ではない。

空港で、グランの視線が、亮介に釘付《くぎづ》けになっていたのに俺は気づいていた。

……会わせるのではなかった。

「ふう、さっぱりした」

言いながら、亮介がベッドルームに入ってくる。

バスローブを着て、濡《ぬ》れた頭にタオルを被《かぶ》っている。

適当に着ているせいで前の袷《あわせ》が大きく割れ、腰の紐《ひも》がなんとかバスローブの形を保っている状態だ。

大きく開いた襟元《えりもと》から覗く、金色に陽灼けした、滑らかな肌。

裾から覗くのは、少年のようにすらりと伸《の》び、しかし不思議と色っぽい脚。

床《ゆか》を踏《ふ》んで歩いてくる、美しい裸足《はだし》。

彼は両手を上げ、頭に被っていたタオルで髪を拭《ふ》く。

その拍子《ひょうし》にバスローブの布地が肌から浮き、彼の胸が露《あら》わになった。

突《つ》き出されたような胸の先には、仔猫《こねこ》のそれのように小さなピンク色の乳首《ちくび》。

少年のようなイメージのやんちゃな外観に似合わず、彼の身体は本当に感じやすい。

ほんの少し優《やさ》しく触《ふ》れただけで、彼はトロトロに蕩《とろ》けてしまう。

……もしも、ほかの男に触れられたとしたら……？

俺の脳裏《のうり》に、グランに抱きしめられている亮介の姿がよぎる。

グランは満足げな笑みを浮かべ、亮介はその身体を蕩けさせ、色っぽく頰を染め、潤《うる》んだ目で彼を見上げて……？

俺の内部に、オレンジ色の炎《ほのお》が燃え上がる。……しかし。

俺は無邪気《むじゃき》な彼の様子を見ながら、自分の中に燃え上がった炎を必死で抑《おさ》えようとする。

……『コヒーバ・バナテラ』を吸う男が、この世に一人というわけではない。

……それに、この近所のカフェで、肉料理を出し始めた店があるかもしれない。

「あんたは明日も早いんだろ？　さっさと寝《ね》よう」

彼は言って、ベッドサイドのスタンドの明かりを消す。

暗がりの中で、彼がベッドにもぐり込む音がする。

俺はまだ呆然《ぼうぜん》としながら、彼の隣《となり》に横たわる。

「……西園……？」

「……え？」

「……キスとか、しないのかよ……？」

暗がりに響《ひび》く、彼の囁《ささや》き。いつもならそれは俺の理性を吹《ふ》き飛ばしただろうが……。

「ああ……おやすみ」

その夜の俺は、彼の髪にほんの軽いキスをすることしかできなかった。

香川亮介

……オレみたいな凡人《ぼんじん》には、西園の人生を握《にぎ》る権利はないんじゃないだろうか？

……西園に相応《ふさわ》しいのは、『グラン』社とレチュなんじゃないだろうか？

電気を消し、ベッドに横たわったけれど、オレはその夜、全然眠《ねむ》れなかった。

西園の腕《うで》に抱《だ》きしめられ、キスをされて、何もかも忘れたかった。

だから思わず誘《さそ》ってしまったけど……西園はなんだか心ここにあらずって感じで、オレの髪にほんの軽いキスをしただけだった。

そして、向こう側に寝返りを打ち、もうオレに触れようとはしなかった。

……日本では、嫌《いや》がっても嫌がっても、聞き入れやしなかったくせに。

……あんなに毎日、抱きしめたり、好きだって囁いたりしたくせに。

脳裏《のうり》を、西園とレチュが見つめ合う姿がよぎって、オレはハッとする。

……もしかして、オレに触れないのは、レチュのせい？

……彼に気持ちが傾《かたむ》いて、だからオレになんか興味がなくなった……？

彼に背を向け、ベッドの冷たさを味わいながら、オレはなんだか泣きそうになった。

……オレはやっぱり、西園には相応しくないんだろうか……？

西園孝明

次の日。また長い打ち合わせとたくさんの会議を終えた後。夜の九時近く。

ひと気のないポン・ヌフの上には霧《きり》のような雨が降り、白く視界を遮《さえぎ》っている。

俺は傘《かさ》を持っていなかったが、これくらいの雨でわざわざ傘を買うのも癪《しゃく》なので、昔のように気楽に、レチュの傘に入れてもらった。

そして……その選択《せんたく》をとても後悔《こうかい》している。

一つの傘の下で濡れないようにすれば、どうしても身体《からだ》が密着する。

俺のさしかけた傘の下、レチュはずっと頰《ほお》を染め、泣きそうな顔でうつむいている。

清潔な香《かお》りのする彼の首筋から、たまに、ふわりとムスクの香りが漂う。

客観的に見て……彼は発情し、俺を誘っている。

……傘になど、入れてもらうのではなかった……。

「今日で、打ち合わせと、会議の予定はひとまず終了《しゅうりょう》です」

ポン・ヌフの真ん中で、レチュが言う。

「社長からの承認《しょうにん》は得ておりますので、あとは僕が企画案《きかくあん》をまとめて、あなたに依頼《いらい》をするだけです。……だから……」

「俺が『グラン』社に出向くのは、これで終わり、ということか」

オレが言うと、レチュはつらそうな顔をする。

「はい。依頼は一週間ほど後に、東京のアトリエの方にFAXさせていただきますので」

「そうか」

俺は言って足を止め、彼に向き直る。

「レチュ。今まで本当にどうもありがとう。君のおかげで楽しい仕事ができた」

俺が言うと、レチュはその顔に儚《はかな》げな笑《え》みを浮《う》かべる。

「……あ……そんな、これが最後みたいな言い方……」

「これが、君とする最後の仕事だ」

俺の言葉に、レチュは愕然《がくぜん》とした顔で目を見開く。

「……え……？」

「俺はもう、亮介からの依頼でしか、調香《ちょうこう》をしない」

俺の言葉に、彼が息を呑《の》む。

「……ほ、本当ですか……？」

今にも死んでしまいそうな声で聞かれて、俺の心がズキリと痛む。

……いい仕事をしてくれていた彼には、とても申し訳ない。だが……。

「本当だよ」

彼は少し言葉を切り、それからハッとして、

「……もしかして、僕が仕事中に何か失礼なことをしてしまって、それで怒《おこ》っていらっしゃるとか？　もしそうでしたら……」

俺は手を上げて、彼の言葉を遮る。

「違《ちが》う。さっきも言っただろう？　君と仕事をするのは、とても楽しかったよ」

「では、なぜ……？」

「一言では言い表せない。ともかく、俺のここが……」

俺は自分の心臓を指さす。

「……そうしろと言うんだ。逆らえない」

捨てられた仔犬《こいぬ》のような彼の目に、俺の心がまた痛む。

……実は。

前から受けていた仕事で断れなかったということもあるが……俺は今回フランスに来て、直接彼に言いたかった。

ありがとう、と、これで最後だ、という言葉を。

レチュは本当にセンスのいい青年で、熱意も人一倍ある。

しかし……俺はもう、亮介と仕事をすることの快感を知ってしまったんだ。

「傘に入れてもらうのはここまででいい。後は走って帰るから」

レチュの顔に、とても苦しげな表情が浮かぶ。かすれた声が、

「あの……僕の部屋で、少しだけ飲みませんか?」

「何か、まだ仕事の打ち合わせが?」

わざと事務的に聞こえるように言うと、彼は泣きそうな顔で小さくかぶりを振《ふ》る。

「いいえ、仕事の打ち合わせは終わりました」

彼の震《ふる》える声に、良心が痛む。……だが。

「それなら遠慮《えんりょ》しておくよ。亮介が、部屋で待っている」

レチュの目に、ふわりと涙《なみだ》が浮かび上がった。

「……そう……ですよね……」

彼の泣き顔を見るのは、俺にはとても耐《た》えられなかった。

「それじゃ、俺はこれで……」

「あの!」

別れを言おうとした俺の言葉を、レチュが彼らしくない強引《ごういん》さで遮った。

「一つ、お願いがあるんです」

「なんだ?　なんでも言ってみてくれ。次の新作香水に関するリクエスト?」

「いいえ。あの……」

彼は、苦しげな目をして、俺を見上げる。

「……五秒だけ、目を閉じていてくれませんか？」

「……え……？」

「お時間はとらせません。五秒だけでいいんです」

どこか思い詰《つ》めたような顔で言われて、俺は反論できなくなる。

「解った」

俺は言って、不思議に思いながらも目を閉じる。

構えた傘の下、ふわ、と空気が動き、そして……。

「……ニシゾノさん」

身体に、華奢《きゃしゃ》な腕がまわる感触《かんしょく》。

すんなりと細い身体が、俺の身体にしっかりと抱《だ》き付いてくる。

「……大好きでした」

唇《くちびる》に、柔《やわ》らかで冷たい物がそっと押し当てられた。

……キス……？

その時、俺の脳裏《のうり》をよぎったのは、亮介の顔だった。

……もしもこんなところを見られたら、きっと亮介は……。

「レチュ」

慌《あわ》てて目を開け、引き剥《は》がそうとする俺の手を逃《のが》れるように、レチュは俺から離《はな》れた。

「最後の仕事、悔《く》いが残らないように頑張《がんば》りますから」

覚悟《かくご》を決めたような彼の言葉に、俺はキスをした彼をもう責めることができない。

「ああ。俺も頑張る。君が誇《ほこ》りに思ってくれるような、素晴《すば》らしい香水を調香するよ」

うつむいたままうなずいたレチュの手に、傘を握《にぎ》らせる。

「風邪《かぜ》を引かないように。……『グラン』社と君の将来に期待しているよ」

「ありがとうございます」

彼は俺を見上げて、半分泣いているような顔で微笑《ほほえ》む。

「これからはライバルかな？　僕、これからも頑張って、あなたが、しまった、と思うようなすごい企画をたくさん立てます。『グラン』社が出す新作に、注目していてくださいね」

「ああ。楽しみだよ。……おやすみ」

俺は言い、そのまま踵《きびす》を返して雨の中に走り出る。

そして、もう二度と振り返らなかった。

……本当にいい子なんだ。

……だが。俺の心にいるのは、亮介だけなんだ。

香川亮介

オレは、さっき見た光景を思い出して、拳《こぶし》を握りしめる。

……あれって、どういうこと……？

オレは混乱した頭をなんとかまとめようと、手で顔を覆《おお》って深いため息。

今日は九時頃《ごろ》には仕事が終わると聞いた。その時間を狙《ねら》って、オレはルーヴルを出た。

ポン・ヌフを渡《わた》って川沿いの道を散歩して帰れるな、と西園が言ったのを思い出したから。

少し早めにポン・ヌフにつき、霧雨《きりさめ》の向こうをうかがっていたオレは、向こうから、一つの傘《かさ》に入った仲むつまじい恋人《こいびと》同士が歩いてくるのに気づいた。

そしてその二人の顔を見て……思わず固まってしまった。

傘の中にいたのは……西園と、そしてレチュだった。

ポン・ヌフの真ん中で、二人はふいに立ち止まった。

傘の下、二人は真《ま》っ直《す》ぐに向かい合った。

西園の逞《たくま》しい身体《からだ》に、レチュがしっかりと抱き付いた。

そして……二人の唇が重なって……。

……見てしまった……。

それからどうやってここまで来たのか、憶えていない。

ホテルに戻《もど》って西園に会ったら何を言ってしまうか解《わか》らない、と思って……思わず逃《に》げるようにしてルーヴルの敷地《しきち》内に走り込んだのだけは憶えてるんだけど……。

オレの中にわだかまっているコンプレックスが、暗い炎《ほのお》を上げるような気がする。

……オレは、どこをとっても平凡《へいぼん》なヤツで、しかも次の企画《きかく》もまともに立てられない。

……だけどレチュは、あの素晴らしい香水をいくつも企画している実力者で、しかもあんなに美しい。

……西園の心がレチュに傾《かたむ》いたとしても、全然不思議じゃなくて……？

……もしかして、昨日も、あんなふうにキスをして別れたのかな……？

……だから、オレに指一本触《ふ》れる気がしなかったとか……？

思ったら、心が壊《こわ》れそうなほど痛んだ。

……ああ、オレ、どうすれば……？

「リョウスケ？」

いきなり響《ひび》いた声に、オレはハッと我に返る。

「どうしたんだ、びしょ濡《ぬ》れじゃないか！　こんなところで何をしているんだ？」

傘を差し、早足で近づいてくるのは、グランさんだった。

その言葉に、オレは初めて自分が傘をどこかに落としてきてしまったことに気づく。そして屋根のない場所に立ってたせいで、頭のてっぺんから足の先まで、びしょ濡れなことにも。

「ああ、いえ、なんでもありませんから。またルーヴルのカフェに寄ろうかと思って……でも傘がなくて……」

オレは意味の解らないことを呟《つぶや》きながら、顔を濡らす雨を手のひらで拭《ぬぐ》う。

彼はオレに傘をさしかけながら、

「カフェはもう閉店したよ。そろそろここの門も閉まるだろう」

言って、彼はオレの顔を覗《のぞ》き込んで、

「なんて顔をしている。ニシゾノと何かあったんだね？」

その名前に、オレの中の何かが切れてしまう。

「……あ……」

いきなり視界が曇《くも》り、頬《ほお》を熱いものが滑《すべ》り落ちた。

「やはり何かあったのか」

彼が言い、いきなりオレの身体を片手で抱き寄せる。

「さっきリムジンを呼んだ。すぐに来るだろう。ともかく、私の部屋に行こう」

オレが答えられずにいる間に、黒塗《くろぬ》りのリムジンが近づいてきた。

彼はオレの肩《かた》を抱いたまま、オレをリムジンに押し込める。

……もしかしたら、西園はホテルの部屋に帰ってオレを待ってるかもしれない。

思うけど、さっき見た、二人が抱き合ってキスをしているところが脳裏をよぎる。

……いや、きっと西園はまだ帰ってない。きっとあのまま、あの二人は一緒《いっしょ》にいる。

……もしかしたら、この後、二人は、キスだけじゃなくて……？

思ったら、また涙が溢《あふ》れた。

オレの身体を、グランさんの腕《うで》がしっかりと抱き寄せた。

「君のような子を泣かせるなんて、許せない」

彼の低い声が、すごく怒《おこ》ってる。

「君を、彼から奪《うば》ってしまってもいいかな？」

……ああ、もう、オレなんかどうなったっていい。

＊

グランさんの家は、パリを一望にできるものすごく豪華《ごうか》なマンションの最上階だった。

マンションなのに、たくさんの使用人さんが働いていて、なんだか別世界だ。

「シャツもジーンズもびしょ濡れじゃないか。そのままでは風邪を引いてしまう」

オレを部屋に上げてくれながら、彼が心配そうに言う。

「ともかく風呂《ふろ》に入りなさい。その間に、服を乾《かわ》かしておいてあげるから」

それから、オレのことをまた抱き寄せて囁《ささや》く。

「それとも、今夜は帰らない？」

彼の身体からふわりと漂《ただよ》うのは、『CENT』の香《かお》り。

……出会った頃の西園と、同じ香りだ……。

オレはまた溢れそうな涙《なみだ》をこらえながら、

「……シャワー、お借りしていいですか？」

「ああ。こっちだよ」

彼はオレの肩を抱いて、一つの大きなドアを開く。

すぐのところに洒落《しゃれ》た脱衣室《だついしつ》。その奥は十五畳《じょう》くらいありそうな広い部屋で、プールみたいに大きな円形のバスタブとガラス張りのシャワーブースがあった。

「少し時間がかかるが、風呂に湯を入れようか？　それともすぐにあたたまりたい？」

「……シャワーで結構です」

「解った。服を脱《ぬ》いだら、脱衣室の方に出しておいてくれ。メイドが取りに行くから」

彼は言い、オレを残したままでバスルームのドアを閉める。

大理石張りの床《ゆか》と壁《かべ》。バスルームの窓からは、雨に白く曇ったパリの夜景が見渡せた。

普段《ふだん》だったらうっとりしそうな場所だけど……今のオレにはそんなことを楽しんでいる余裕《よゆう》はない。

オレは涙をこらえるのに必死になりながら、濡れた服を床に脱ぎ捨てる。

それから服を出しておいて、という言葉を思い出して、脱衣室のカウンターの上に濡れた服をざっと畳《たた》んで積み上げる。

それからシャワーブースに入り、思い切りお湯を浴びる。

意識してなかったけど、どうやら身体が芯《しん》から冷えていたみたい。

オレはすごく熱く感じるお湯の下に立ち尽くし……涙をこらえる。

……オレ、何やってるんだろう？

……どうしてこんなところにいるんだろう？

呆然《ぼうぜん》としたまま、シャワーの脇《わき》に置いてあった洒落た瓶《びん》を持ち上げる。

蓋《ふた》を開け、シャワーソープを手の上に出して……。

……『CENT』だ……。

ふわりと広がったのは、あの『CENT』の香り。

グランさんが言っていた『CENT』のボディーソープの試作品っていうのはこのことだろう。

オレは思わず目を閉じてその香りを嗅《か》ぐ。

……香水《こうすい》とは少しだけ違《ちが》うけれど、かなり忠実に再現されているんだな。

泡《あわ》を立て、身体を洗うと、オレの全身が、その香りに包まれる。

熱いシャワーで濡れたオレの頬を、さらに熱い涙が滑り落ちる。

……西園の香りだ……。

オレは、いつも繰《く》り返していた、二人の香りを同じにする儀式《ぎしき》を思い出す。

……もう、オレの全身が西園の香りに包まれることなんか、二度とないんだろうか？

オレは涙を拭《ふ》きながらシャワーを止め、シャワーブースから出る。広いバスルームを横切って歩き、脱衣室に出る。

置いてあったオレの濡れた服はなくなっていた。代わりにフカフカとした上等のバスローブとタオル地のスリッパが置いてあった。

オレは身体と髪《かみ》を拭き、バスローブを着る。タオル地のスリッパを履《は》いて脱衣室から広い廊《ろう》下《か》に出ると……廊下にはきちんとしたお仕着せを着た無表情なメイドが待っていた。

「こちらへどうぞ」

無感情な声で言われて、オレは恐縮《きょうしゅく》しながら彼女に続く。

「グラン様はこちらでお待ちです」

彼女が言って、両開きのドアを開く。

「……うわ……」

その向こうは、教会みたいにものすごく天井《てんじょう》の高い、広々とした部屋だった。

趣味《しゅみ》のいいアンティークの家具が置かれ、一面に切られた巨大《きょだい》な窓からは、パリの夜景を見下ろすことができた。雨に滲《にじ》んだセーヌ川沿いの街灯、白く煙《けむ》ったエッフェル塔《とう》。

グランさんはさっきと同じスーツ姿でソファに座り、シガリロを吸いながら真面目《まじめ》な顔で分厚い書類の束をめくっていた。オレが入ると、目を上げて、

「あたたまった？」

シガリロを消し、書類の束をローテーブルの上に置きながら微笑《ほほえ》む。

「はい。ありがとうございました」

「おいで」

手を差し出されて一歩踏《ふ》み出すと、オレの後ろでパタンとドアが閉まった。

思わずギクリとしてしまうオレに、グランさんが微笑みを深くして、

「私がいくら手が早くても、いきなり取って喰《く》いはしないよ。ともかく座って」

「……はい……」

オレはうなずき、彼の向かい側のソファに恐《おそ》る恐る座る。

「いったい何があったのか、聞いてもいい？」

静かな声に、オレの中の何かがふわりと四散してしまう。

「西園と……レチュくんが……」

オレの唇《くちびる》から、かすれた声が漏《も》れた。グランさんが驚《おどろ》いた顔をして、

「二人がどうした？　裸《はだか》でベッドにいた？」

「ま、まさか！　違います！」

オレはあまりの強烈《きょうれつ》な言葉に、思わず赤くなる。

「そうじゃなくて……ポン・ヌフの上で……」

「ポン・ヌフの上で？」

「……キス、していたんです」

オレの言葉に、グランさんは目を見開いて動きを止める。

「……ポン・ヌフの上で、キス……？」

「はい、そうなんです」

グランさんはしばらく黙《だま》り、それから、

「フランス人は日本人よりもずっと頻繁《ひんぱん》にキスをするし、ポン・ヌフはパリのキスの名所だ。一日に三十組はあそこでキスをしているだろう。私も二週間に一度は、あそこでキスをしている気がするし」

「……は？」

「いや、恋人《こいびと》はいないので、恋人候補の美青年たちと、だけれど」

彼は言いながらソファから立ち上がる。

「キスくらい誰《だれ》とでもできる、と思う私の感覚は、間違っている？」

言いながら、オレの隣《となり》に座る。オレの顔を覗《のぞ》き込んで、

「愛し合っていなくても、キスくらいはできるよ？」

「オレは……」

　オレは拳《こぶし》を握《にぎ》りしめながら、

「……そんなの、間違ってると思います……」

「そうか」

　彼はオレの顔を覗き込んで、

「じゃあ、西園とレチュが、実は愛し合っていると？」

「……そう、なんじゃないかと……」

「それはないな」

　グランさんのあっさりした否定に、オレは目を見開く。

「どうして、そんな……」

「西園は、今回の仕事を最後に『グラン』社との契約《けいやく》を打ち切ると言っている。もしもレチュに少しでも気があるのなら、そんなことはしないだろう？」

　彼の言葉に、オレはハッとする。グランさんは、

「君と彼の二股《ふたまた》をかける気だとしても、『グラン』社と仕事をしていれば、おおっぴらにパリに来られる。そしてアバンチュールが楽しめる。みすみす契約を打ち切ったりしないよ」

「……あ……」

「君は、ニシゾノが、『もうリョウスケからしか依頼《いらい》を受けない』と言った言葉を、少し軽く

考えすぎているようだ」

「……え……？」

「ニシゾノは本物の天才で、しかもストイックな職人だ。半端《はんぱ》な気持ちでそういう言葉を口にしたりはしない」

オレの心臓が、ドクリと高鳴った。

「……じゃあ、どうして……？」

「ところで」

彼は急に口調を変えて、

「私は面食いの遊び人だ。なのにレチュほどの美青年を、どうして口説かないのだと思う？」

「え？」

「実はずっと昔に口説き、あっさりレチュに振《ふ》られたんだよ。『僕の心の中にはニシゾノさんしかいませんから』とね」

「……あ……」

「彼は、ずっと前からニシゾノに片思いをしていた。今でも同じだと思うよ」

その言葉に、俺の心がズキリと痛む。

……そうだ、最初に空港で見た時から、レチュの目はずっと西園を追っていて……。

「ニシゾノとレチュがキスをしていたんじゃない。ニシゾノがレチュにキスをされていた。多分、そんなところだろうな」

「え？」

「今夜で本社での会議と打ち合わせはすべて終わったはずだ。だから今夜が、ニシゾノとレチュの会う最後の機会になる。ニシゾノは、二度と一緒《いっしょ》に仕事ができないことをレチュにうち明けただろうな」

「……あ……」

「きっと、ただのお別れのキスだろう。レチュからの、強引《ごういん》な」

「……お別れの、キス……？」

かすれた声で言われたオレの言葉に、グランさんはうなずく。

「レチュはあんな可愛《かわい》い顔をして、意外に押しの強いタイプだからね。まあ、そうでなくてはあれほどの仕事はできないだろうが」

彼は肩《かた》をすくめて、それからちょっとつらそうな顔で笑う。

「ニシゾノは、君を愛している。今頃《いまごろ》ホテルで君の帰りを待っているよ」

その言葉に、オレの心がズキリと甘く疼《うず》いた。

「そう……でしょうか？」

「残念ながらそうだろうな。服が乾《かわ》いたら、ホテルまで送っていくよ」

彼は言い、それから妙《みょう》に残念そうに微笑んで言う。

「ああ、もっと悪い男ならよかったなあ」

「え？」

「色っぽい君を見て、実は発情している。私が悪い男なら、今頃押し倒《たお》しているだろうに」

彼が茶目っ気たっぷりに言い、片目をつぶる。

「だが、とりあえず今回は、このまま帰してあげるよ。君の純情に免《めん》じて」

西園孝明

亮介が帰ってきたのは、夜の十一時を過ぎてからだった。

「遅《おそ》かったね。どこにいた？」

俺が言うと、彼は俺から目をそらすようにして、手に持ったノートを持ち上げて見せる。

「近くのカフェで仕事してた。ゴメン、ちょっと熱中しちゃったんだ」

俺は、彼がとても大切にしている企画《きかく》ノートが雨を吸ったように湿《しめ》っていることに気づく。

しかし、亮介の髪《かみ》は乾き、シャツはアイロンをかけたばかりのようにパリッとしている。

外はまだ激しい雨。彼は傘《かさ》を持っていない。なのに、どうやってここまで……？

不思議に思う俺の脇《わき》を、亮介が通り抜《ぬ》ける。

その時、亮介の身体《からだ》からは、嗅《か》ぎ覚えのある香《かお》りが、ふわ、と立ち上った。

それは……『CENT』の香り。

……だが、これは、香水《こうすい》の残《のこ》り香《が》ではない。

俺の嗅覚《きゅうかく》は、その違《ちが》いをはっきりと認識《にんしき》する。

……これは……『CENT』のバスソープだ……。

「……ただいま」

……そして。

彼の髪からは、また微《かす》かに『コヒーバ・バナテラ』の香りがした。

……ハバナから一箱四万円もする『コヒーバ・バナテラ』を取り寄せて吸い、発売前の『CENT』のバスソープを持っている男が、このパリに何人もいるわけがない。

……いつもは誇《ほこ》りにしているこの鼻が、今日ばかりは恨《うら》めしい……。

……こんな嗅覚がなければ、知らないままでいられたのに……。

「……亮介」

俺の唇から、かすれた声が漏れた。

「本当にカフェにいたのか？　誰か男の部屋に行かなかった？」

俺は思わず言ってしまい……振り返った亮介の顔に狼狽《ろうばい》が浮《う》かぶのを確認する。

「もしかして、グランの部屋に行ったのか？」

俺の言葉に、彼は息を呑《の》む。

「い……行くわけないだろ。なんでそんなことを……？」

彼はとても罪のない性格で、平然と嘘《うそ》などつけない。

彼の表情に浮かんだ驚《おどろ》きが、彼がグランと一緒にいたことをしっかりと物語っていた。

……そんなに後ろめたそうな顔をして、なのに口ではまだ俺に嘘をつく。

……なんて憎《にく》らしいんだ……。

「何？　うわっ！」

俺は亮介に近より、その身体を抱《だ》き上げる。

「なんだよ、いきなり？……ああっ！」

彼の身体をベッドルームに運び、そのまま上にのしかかる。

「うわ、やめ、どうしたんだよっ？」

シャツのボタンを引きちぎり、乱暴に押し広げる。

「西園！　いったい何……ああ……っ」

俺は顔を下ろし、彼のピンク色の乳首《ちくび》を口に含《ふく》む。

「あっ、やめ……ん……っ」

舌先で舐《な》め上げてやるだけで、彼はもう甘い声を上げてしまう。

……ああ、なんて子なんだ……。

俺は憎らしくなって、もう尖《とが》り始めてしまった彼の乳首を、キュウッと強く吸い上げる。

「……くうっ！」

亮介はそれだけで達しそうな声を上げ、ヒクンと腰《こし》を跳《は》ね上げる。

「……やだ、やめて……どうしたんだよ……あぁ……っ！」

俺はジーンズの下にある彼の屹立《きつりつ》を、手のひらで確かめる。

ほんの少し舐めただけで、彼の屹立はもう硬《かた》さを持って立ち上がりかけている。

……ほかの男が相手でも、彼はこんなふうに敏感《びんかん》に反応するんだろうか？

……相手が、グランでも……？

裸《はだか》で抱き合う二人の姿が脳裏《のうり》をよぎり、俺は嫉妬《しっと》に狂《くる》いそうになる。

「……やだ、あっ、あっ……！」

ジーンズのファスナーを下ろすと、亮介はつらそうな声を上げ、かぶりを振る。

「……嫌《いや》だって言ってるだろ？　なんでこんなこと……っ」

「嫌？　嘘をつけ」

ジーンズと下着を引き下ろし、彼の耳に囁《ささや》きを吹《ふ》き込む。

「もうこんなに硬《かた》くしているくせに。しかも……」

露《あら》わになった屹立。先端《せんたん》のスリットから、ジワリと蜜《みつ》が湧《わ》き出している。

「……もう、先走りの蜜を溢《あふ》れさせたりして」

親指で蜜をすくい、先端に乱暴に塗《ぬ》り込めてやると、彼はつらそうな声を上げる。

「……痛いよ、やめろよ、西園……っ！」

否定の言葉とはうらはらに、彼の身体は確実に反応し、先端からさらに蜜を溢れさせた。

俺は茎《くき》を伝う蜜をすくい取り、屹立をヌルヌルと扱《しご》き上げてやる。

「……うっ、ああっ、あう……っ！」

亮介は身体を反り返らせ、俺の愛撫《あいぶ》に反応してヒクヒクと腰を揺《ゆ》らす。

「……やだ、やだ、離《はな》せよ……あ、ああーっ！」

亮介はかぶりを振《ふ》りながら言い、しかし強く扱き上げると、あっさりと白濁《はくだく》を吹き上げてしまう。

「……あうっ、くう……んんっ！」

彼は唇《くちびる》を噛《か》み、屹立から蜜の余韻《よいん》を溢れさせながら、身体を細かく震《ふる》わせている。

その姿はとても美しく、そして男なら残らず眩惑《げんわく》されそうなほどに色っぽい。

愛情と同じだけの嫉妬が、俺の中で炎《ほのお》を噴《ふ》き上げる。

「俺が相手でなくても、こんなふうに反応するのか？」

俺の唇から、残酷《ざんこく》な言葉が漏《も》れた。

「……え……？」

亮介が、愕然《がくぜん》とした顔で俺を見上げてくる。

彼の顔に、ゆっくりと怒《いか》りの表情が上ってくる。

彼の目の奥に、オレンジ色の炎が燃え上がったのが見えた、その瞬間《しゅんかん》……。

パン！

俺の頰《ほお》を、彼が平手で打った。

容赦《ようしゃ》ない強さが、彼の怒りを表していた。

「……オレのこと、そんなふうに思ってるんだ？」

亮介が、低い声で呟《つぶや》く。うつむいて乱れた衣類を直しながら、

「……あんた、最低だ。やっぱりあんたはオレのことなんか愛してないんだ」

彼の目に、ふわりと涙《なみだ》が盛り上がった。

「グランさんが、あんたはオレを愛してるだろうって言ってくれたから、勇気を出して帰ってきたのに、やっぱり……」

俺は、彼の言葉に驚いてしまう。

「グランが？　やはり、おまえはグランの部屋に……」

「そうだよ！　悪いかよ？」

彼の言葉に、全身から血の気が引く気がする。

「じゃあ、おまえは、グランに抱かれてしまった……？」

「ばかっ！」

亮介の容赦ない平手打ちが、俺の頬にもう一度炸裂《さくれつ》する。

「そんなことするわけないだろっ！　オレをなんだと思ってるんだよ？」

亮介は起き上がり、俺の襟元《えりもと》を両手で掴《つか》み上げた。

「オレ、見たんだからな！　ポン・ヌフの上であんたがレチュとキスしてるの！」

「え？」

意外な言葉に、俺は呆然《ぼうぜん》とする。

「あの時、あそこにいたのか？」

「いたよ！　相合《あいあ》い傘《がさ》なんかしやがって！　オレ、ショックで傘を落として逃《に》げちゃって、それでびしょ濡れになっちゃって……！」

亮介は俺の襟《えり》を絞《し》め上げたまま、

「ルーヴルのところで泣きそうになってたら、グランさんが見つけてくれた！　部屋に連れていってシャワーを浴びさせてくれたんだ！　言っておくけど、エッチなことなんかしてないからな！　オレは一人でシャワーを浴びただけ！」

……亮介の身体から『CENT』のバスソープの香《かお》りがしたのは、そのせいか……？

「グランさんは、あんたとレチュがキスをしていた話を聞いてくれて……だけどレチュの片思いであんたが強引《ごういん》にキスされただけだろうって……あんたはオレを愛してるはずだって……」

亮介の目に、ふわりと涙が盛り上がった。

「でも、それって間違《まちが》い？　証拠《しょうこ》もないのに疑われて、こんな乱暴なことするなんて。オレ、やっぱり愛されてないの？」

「……亮介……」

俺は、すがりつくように襟元を握《にぎ》りしめた亮介の手に、そっと手を重ねる。

「……すまない。昨夜《ゆうべ》、おまえの髪《かみ》からグランがいつも喫《す》っているシガリロの香りがした。今夜は、彼が使っているはずの『CENT』のバスソープの香りまで」

俺が言うと、彼は驚いたように目を見開く。

「……え……？」

亮介は呆気《あっけ》にとられたように目を見開く。

「確かにちょっとたばこ臭《くさ》い気もするし、ちょっとだけコロンの香りがする気もする。だけどそんな匂《にお》い、カフェにいたらいくらでも付きそうじゃない？」

俺はかぶりを振って、

「『コヒーバ・バナテラ』はハバナから取り寄せる珍《めずら》しいシガリロだ。普通《ふつう》の葉巻とはまったく違う。さらにおまえの身体《からだ》からしたのは『CENT』のコロンではなくバスソープだった。その二つを持っているのは、このパリ中を捜《さが》してもグランくらいだ」

「……そんな違い、解《わか》るんだ……？」

呆然と言う彼に、俺はうなずいてみせる。

「もちろん。だから……おまえがグランと浮気《うわき》をしたのだと思って我を忘れたんだよ」

「じゃあ、あんたにとっては、オレが嘘《うそ》をついたのバレバレで？」

「そうだよ」

俺が言うと、亮介は深いため息をつく。

「そうだよな。あんたは天才調香師・西園孝明だもんな。騙《だま》せるわけなかったんだ」

「やはりグランと会っていたんだね？」

俺が聞くと、亮介は申し訳なさそうな顔で、

「そうだよ。嘘ついてごめん」

「会ったのなら会ったと言えばよかった。どうして嘘をついた？」

俺の言葉に、亮介はふいにつらそうな顔になる。

「グランさんに、『『ホーセイドー』の仕事をさせることが、本当にニシゾノのためになると思う？』って言われた。あと『ニシゾノと一緒《いっしょ》にパリに来て、『グラン』社の企画室《きかくしつ》で働きなさい。ニシゾノに最高の環境《かんきょう》で仕事をさせたかったら、それが一番だと思う』とも」

……あの男……！

「だけど、オレ、自分が『グラン』社で働けるほどの実力があるとは思えない。もしかしたらオレが身をひいて、あんたはレチュと仕事をするのが一番じゃないかって……」

俺は手を上げて、彼の言葉を遮《さえぎ》る。

「おまえは、簡単に身をひくことができるのか？」

言うと、亮介の顔にとてもつらそうな表情が浮《う》かぶ。

「そんなことできるわけないだろ？　だからオレ、めちゃくちゃ苦しんで……！」

彼の言葉に、俺の心が甘く痛む。

「ばかだな」

俺は言い、指先で彼の顎《あご》を持ち上げる。

「俺もおまえをあきらめたりしない。俺が愛しているのはおまえ一人なんだからな。それに」

俺は、彼の美しい顔を真《ま》っ直《す》ぐに覗《のぞ》き込む。

「俺は確かに、おまえからの依頼《いらい》だけを受けることにした。だが、それはおまえが恋人《こいびと》だから、という理由からではない」

「……え……？」

「俺はおまえに惚《ほ》れているだけでなく、おまえのセンスに本気で惚れている。それにおまえはその言葉の一つ一つで、俺の創作意欲とイマジネーションを刺激《しげき》してくれる」

言うと、亮介は驚《おどろ》いたように目を見開く。

「俺は企画者としてのおまえを尊敬している。だからおまえからの依頼だけを受けるんだ」

亮介はその美しい漆黒《しっこく》の瞳《ひとみ》で俺を見つめ……それからかすれた声で囁《ささや》く。

「……本当……？」

「本当だよ」

俺は愛《いと》おしい彼を引き寄せ、強く抱《だ》きしめる。

「苦しんだり、迷ったりするのは、創作する人間として当然のことだ。おまえには類希《たぐいまれ》なるセンスがある。それを、俺が証明してやる」

「……西園！」

亮介が、俺の身体にきつく抱き付いてくる。

「……オレなんかで、いいの？」

「おまえじゃなきゃダメなんだよ」

「……う……」

彼の肩《かた》が、微《かす》かに震《ふる》えている。

シャツに、亮介のあたたかな涙がジワリと染《し》み込んでくる。

「……愛してるんだ、西園……」

「俺も愛しているよ、亮介」

俺は囁き、彼の身体を離《はな》す。

そして彼の美しい顔に、ゆっくりと顔を近づける。

そっと閉じられる長い睫毛《まつげ》。

俺は彼の呼吸までも愛おしく感じながら、そっとその唇《くちびる》にキスをする。

……ああ、やはり俺には、彼だけなんだ……。

香川亮介

「……うわ、ものすごく綺麗《きれい》……！」

オレは、目の前の景色に見とれながら言う。

眼下に広がるのは、見渡《みわた》す限りに咲《さ》き誇《ほこ》ったバラの花。

「……それに、なんていい香りなんだろう……」

まるで蜜《みつ》の中にでもいるみたいに、オレたちは濃厚《のうこう》なバラの香りの中に包まれている。

次の日。オレたちはパリを離れ、西園の故郷であるグラースにいた。

人口三万人足らずの小さな町だけど、良質なバラが収穫《しゅうかく》されることから、十六世紀以来、調香師のメッカと言われている場所だ。有名な調香師のほとんどはこの街に一度は足を運ぶし、有名な工房《こうぼう》もたくさんある。

オレがずっと憧《あこが》れていたグラースは、石畳《いしだたみ》の道が続き、オレンジ色の瓦《かわら》屋根の家が連なる、まるでおとぎの国のような美しい街だった。

西園のお父さんが働いていたというアトリエは街の中にあったけれど、西園に遺《のこ》されたという瀟洒《しょうしゃ》な屋敷《やしき》は、市街地から少し離れた丘《おか》の上にあった。

それは大きなオリーブの木々に囲まれ、南フランス独特の綺麗な色の石を積み上げて作ったすごく素敵《すてき》な屋敷だった。

そして。その屋敷の素晴らしいところは、その外観だけじゃなくて。

屋敷の中に案内され、彼が使っていたというベッドルームに誘《さそ》われた。

そとに張り出した石造りのベランダに出たオレは、思わず目を見張ってしまった。

屋敷が建つ小高い丘の下には、見渡す限りのバラ園が広がっていたんだ。

咲いているのは、ピンクとレモンイエローを混ぜたような、とても綺麗な珊瑚《さんご》色のバラ。

「これが、まだ切られてない、まだ生きているバラの花の香《かお》りなんだね。花っていうより新鮮《しんせん》な桃《もも》の切り口みたいな瑞々《みずみず》しい香りがする」

初めて嗅《か》ぐような、あまりにも芳《かんば》しい香りに、オレはうっとりして言う。

「ものすごくいい香り」

「このバラ園の品種改良には、父と俺の二代で協力している。ここのバラからは、世界最高の香油《こうゆ》が採《と》れる。俺が使っているバラの香りはここで採れた香油だけを使っているんだよ」

「……そうなんだ」

オレは、西園の作る香水の、澄《す》み切った甘さを思い出す。

……そこまでこだわるからこそ、あれだけの香りが作れるんだ、彼には。

西園はバラ園を見渡しながら、

「バラの花は、このままならほんの数日で枯《か》れてしまう。俺たちは、その香りを抽出《ちゅうしゅつ》し、永遠に封《ふう》じ込める」

西園は、広がるバラ園を見渡しながら言う。

「香りだけではない。小さなフラコンの中に、バラたちの命を結晶《けっしょう》させるんだ」

その言葉に、オレの心が甘く疼《うず》いた。

「一滴《いってき》も無駄《むだ》にはできない。俺は結晶した命を調合し、最高の香りに高めてやりたい」

……だから彼の作る香水は、あんなに素晴らしいんだ。

「ピーチみたいな甘い香りだね。なんか食べちゃいたいみたい」

オレの言葉に彼は微笑《ほほえ》み、それから、

「そういえば」

ポケットから小さな瓶《びん》を取り出す。中には、綺麗なバラ色のゼリー状のものが入っている。

「さっき、鍵《かぎ》を受け取った時に管理人が渡してくれた。明日の朝、パンに縫《ぬ》って食べなさいと言って。今年最初の、バラのジャムだそうだ」

「うわ、味見してみたい！」

オレの言葉に微笑んで、西園は瓶の蓋《ふた》を開ける。

ふわ、と香ったのは、バラ園の香りを再現したような、ものすごくいい香り。

西園はふいにセクシーな顔になって、指先でそのゼリー状のジャムをすくいとる。

「口を開けて」

彼の野性的な仕草に、ちょっとドキドキしながら、オレは口を開ける。

バラのジャムを付けた彼の指先が、口の中にそっと滑《すべ》り込む。

「……ん……」

そのほのかな甘さと、あまりにも麗《うるわ》しいバラの香り。

「……ん……」

オレは我を忘れて彼の指をしゃぶり……ふと、あることを思い付く。

「……あ……っ！」

オレの声に、西園は驚いた顔をする。オレはバラのジャムを指先ですくって、

「ねえ、意見を聞かせて。こんな香りが唇に付いてたら、どう……？」

言って、西園の唇にそのジャムをたっぷりと付ける。彼は驚いた顔をしてから、唇に付いたジャムを舐《な》めて、

「唇に付いていたら？　美味《おい》しいけれど？」

「そうじゃなくて。唇は、一番鼻に近い場所だろ。香水だとなかなか自分の香りは認識《にんしき》できないけど、唇だったら……」

オレは西園の首に抱き付いて、

「ありがとう、西園。オレ、いい企画《きかく》を思いついたかもしれない！」

それから時計を覗《のぞ》き込んで、

「今、東京は何時だろう？」

「夜の七時くらいじゃないかな？」

「きっとまだみんないるな。ちょっと国際電話をかけたいんだけど！」

　オレは西園に教わって鳳生堂の東京本社に国際電話をかけ、第二企画室につないでもらう。

『もしもし、成田ですが』

「もしもし、オレです！　ご意見をうかがいたいんですが……！」

　オレはそこで思いついた企画を電話に向かって話す。成田室長は、素晴らしいな、と言ってくれて、古田さんと来栖くんにそれを伝える。二人が歓声《かんせい》を上げるのが聞こえて……。

＊

「第二企画室のメンバーは、賛成してくれた？」

　バラ園を見つめていた西園は、受話器を置いたオレを振《ふ》り返って言う。

「うん。素敵だって。オレが帰るまでには、プレゼン用の資料をしっかり集めておいてくれるって言ってたよ」

「じゃあ、企画者であるおまえと、調香師《ちょうこうし》である俺の打ち合わせに入らなくては」

　言いながら歩み寄られて、鼓動《こどう》がトクンと跳《は》ね上がる。

そっと抱《だ》き上げられ、ベッドに押し倒《たお》されて、鼓動が速くなる。

「……ああ……」

なんだかすごく久しぶりに感じる、西園の体温。

のしかかられて、身体《からだ》が蕩《とろ》けそうに熱くなる。

「……二人が同じ香りになるまで愛し合おう」

彼の言葉に、オレは思わず微笑む。

「オレとあんたは、もう同じ香りだと思うけど？」

「え？」

西園は自分の腕《うで》を上げて、シャツの匂《にお》いを嗅いでいる。

「バラの香りだ」

「あなたみたいな逞《たくま》しい男がバラの香りなんて、ちょっと可笑《おか》しい」

オレが笑うと、彼は眉《まゆ》を上げて見せて、

「まったく。憎《にく》らしい口だな」

言って、オレの唇《くちびる》にゆっくりと唇を押し付ける。

「……ん……」

まだ笑いそうだったオレは、だんだん深くなる彼のキスに、だんだん夢中になる。

「……ん……っ」

見た目よりも柔《やわ》らかい彼の唇が、オレの唇を優《やさ》しく包み込む。

「……ん……ああ……」

開いてしまった歯列の間から、彼の濡《ぬ》れた舌が滑り込んでくる。

「……んん……んん……」

オレは我を忘れて、彼の舌を受け入れ、そっと舐め上げる。

「……あ……あん……」

二人の舌が絡《から》み合い、飲み切れなかった唾液《だえき》が唇の端《はし》から滑り落ちる。

そのくすぐったい感覚にまで、なんだか不思議なほど感じてしまう。

深いキスを奪《うば》いながら、彼の指が、オレのシャツのボタンをゆっくりと外している。

「……んん……っ」

ボタンを外されたシャツが、床《ゆか》の上に落とされる。

オレの肌《はだ》に、彼の手がそっと触《ふ》れてくる。

「……ああ……っ」

さらさらと乾《かわ》いてあたたかい、彼の手のひらの感触《かんしょく》。

彼が名残惜《なごりお》しげに唇を離《はな》す。それからオレの首筋に、そっとキスをする。

「……ああ、ん……っ」

彼はさらに顔を下ろす。

どんどん鼓動を速くする心臓の真上に、柔らかくキスをする。

「……ああ、おまえの香りだ。ティーツリー、レモン、マスカット、ローズ、ワイン、サイプレス、シダーウッド、ハチミツ、アンバー、シベット……」

いつもの魔法《まほう》の言葉を、オレの肌に吹《ふ》きかける。

「そして……今日は、グラースのバラの香りも……」

囁《ささや》いて、オレの乳首《ちくび》にそっとキスをする。

「……ああん……っ！」

オレの腰《こし》が、ヒクンと跳ね上がってしまう。

「グラースに来た記念だ。おまえを、バラの香りで埋《う》め尽《つ》くしたい」

彼が囁いて、ベッドサイドテーブルに置いてあった小瓶《こびん》を取り上げる。

「おまえも、企画者として、バラの香りで埋め尽くされる気持ちを知っておいた方がいい」

彼は瓶の蓋を開け、オレの身体の上で、その瓶を傾《かたむ》ける。

「……あ……っ」

瓶から胸の上に垂らされる、ひんやりと冷たいゼリー状のジャム。

それはオレの両方の乳首の上に落ち、トロトロと広がっていく。

「……ああ……っ」

乳首の上を、トロリとしたジャムが滑る。

「……んんん……っ」

不思議なほど淫靡《いんび》な感触に、オレの身体がますます熱くなる。

「……や、ああ……っ」

彼の指が、トロトロに濡れたオレの乳首を両方、そっと摘《つま》み上げる。

「……あっ、ダメ……っ！」

指先で摘まれ、両方同時にヌルヌルと擦《こす》られて、オレの身体が甘い痺《しび》れに満たされる。

「……ああ……ああん……っ」

足先から上ってくる快感が、脚《あし》の間を、ズキンと甘く痛ませる。

「……ああん……っ！」

「バラの香《かお》りに、感じている？」

「……ああ……オレ……」

「感じているんだね。ジーンズを下からこんなに押し上げている」

低く囁かれるセクシーな言葉に、オレは思わず喘《あえ》いでしまう。

「……あう、んん……っ！」

「直《じか》に触れて欲しい？」

囁きながら、乳首をヌルヌルと愛撫《あいぶ》される。

ますます熱を持った屹立《きつりつ》が、痛いくらいに張りつめて、ジーンズを下から押し上げる。

……ああ……どうしよう……。

……彼の愛撫が、もっと欲しくてたまらない……。

あまりの欲望に、オレは泣きそうになりながら、

「触れて……オレに触れてくれよ……」

囁くと、彼はイジワルに笑って、

「触れてやりたいが、俺の両手はジャムでベタベタだよ。触れたらジーンズが汚《よご》れてしまう」

「……う……イジワル野郎《やろう》！」

オレが言うと、彼は声にセクシーな響《ひび》きを含《ふく》ませて、

「自分でファスナーを下ろしてごらん」

「えっ？」

「自分でジーンズと下着を下ろして、誘《さそ》ってごらん」

「……そ、そんなことできるかよ……っ！」

真っ赤になって叫《さけ》ぶオレに、彼はイジワルな顔で微笑《ほほえ》んで、

「それなら、そのままにされてしまうよ？」

「……う……っ」

「どうする？」

囁いて、オレの肌の上にまた両手を当てる。

「……あ……っ」

ゼリー状のジャムを塗《ぬ》り込めるように、肌の上を滑《すべ》る彼の手のひら。

「……あ、あ、ああ……っ」

ツンと尖《とが》った乳首の上を、触れるか触れないかの軽さで、彼の手のひらが滑る。

「ああぁっ！」

オレの腰が、勝手に跳ね上がる。

脚の間が、ズクンと熱く疼《うず》いて、そのまま下着の中にイッてしまいそうで……。

「……やだ、西園……イク……っ」

オレの手が上がって、勝手にジーンズの前立てのボタンを開いてしまう。

強烈《きょうれつ》な愛撫に操《あやつ》られるように、オレの手がファスナーを下ろし、下着の中に滑り込む。

「……ああっ！」

自分の手がわずかに触れただけで、イッてしまいそうになる。

「こら。自分でするのは許さないよ。お尻《しり》を上げて。ちゃんと脱《ぬ》いでごらん」

耳元で囁かれて、オレは泣きそうになりながら腰を持ち上げる。

ジーンズと下着を、迷いながらゆっくりと引き下ろす。

オレの反り返った屹立が、プルンと震《ふる》えて冷たい空気にさらされる。

「やっぱりこんなに硬《かた》くしていたのか」

西園が囁いて、オレの屹立の先端《せんたん》を、ちょん、とつつく。

「……あああっ！」

もう濡れてしまっていたオレの先端から、先走りの蜜《みつ》が、さらにトロリと溢《あふ》れた。

「ジャムを塗らなくてももうヌルヌルだな」

西園の濡れた手が、限界まで反り返るオレの屹立を、ヌルッと握《にぎ》り込む。

「あああっ！」

オレは身体《からだ》を反り返らせ、必死でかぶりを振《ふ》る。

「……ああ、もう出ちゃう……くうっ！」

「もう？　まだ許さないよ」

西園はイジワルに囁いて、オレの屹立の根本をキュウッと握り込む。

「……ああっ……やだあ……っ！」

「ここも、もうバラの香りだ」

彼が囁いて顔を下ろし……オレの屹立にキスをする。

「……うわ！」

美味しいデザートでも食べるように、屹立の先端を舐《な》め、吸い上げる。

「……うわ……あぁっ……！」

溢れそうなほどの快感が、オレの身体の中に逆流して荒《あ》れ狂《くる》う。

「……許して、許してくれよ……もう……っ！」

激しすぎる快感に、オレの閉じた瞼《まぶた》から涙《なみだ》が溢れた。

彼の空いている方の手が、オレの身体の後ろに滑り込む。

「……あっ！」

双丘《そうきゅう》の奥に、彼の濡《ぬ》れた手が滑り込む。

「……ああーっ！」

深い場所に隠《かく》された秘密の蕾《つぼみ》を、彼の指先が見つけ出す。

「……ダメ、そんなところ……くうっ！」

濡らされた花びらが押し広げられ、彼の指がヌルッと滑り込んでくる。

「……ああ、ああ……っ！」

クチュクチュと音を立てて後ろを探《さぐ》られ、根本を引き絞《しぼ》った屹立を味わうように舐め上げられて……。

……ああ、もう、オカシクなりそうだ……！

「……もうダメ、お願い、お願い、孝明ぃ……っ！」

オレの唇《くちびる》から、懇願《こんがん》の声が漏《も》れた。

「お願い？　どうして欲しい？」

屹立に唇を触《ふ》れさせたまま、彼が囁《ささや》く。

「……あんたが欲しいんだよ……っ！」

オレは身体を震わせながら叫ぶ。

「……オレを……オレのすべてを、奪《うば》ってくれよぉ……っ！」

「……いい子だ」

西園が囁いて、オレの両脚《りょうあし》をそっと押し広げる。

解《ほぐ》され、濡らされて蕩《とろ》けた蕾に、ひんやりとした空気が当たる。

自分がどんなに濡らされているかに気づいて、身体が熱くなる。

「愛している、亮介」

彼が囁いて、オレの上にのしかかってくる。

トロトロになった蕾にそっと押し当てられる、燃え上がりそうなほど熱い、彼の屹立。

「……く……っ」

何度も何度も一つになったのに、まだオレの身体は慣れてない。

緊張《きんちょう》して思わず息を呑《の》んでしまうオレに、彼は優《やさ》しい声で囁いてくる。

「……愛している、亮介……深く呼吸してごらん……」

震える息を吸《すす》り込んだオレの蕾に、ググッと彼の屹立が押し入ってくる。

「……ああ……っ！」

彼が与《あた》えてくれる快感を憶え込んだ、オレの蕾。

それはふいに蕩けて、押し入ってくる彼を、ゆっくりと包み込んでいく。

「いい子だ。とても上手になってきた」

耳元で囁かれ、オレの蕾が震えてしまう。

「……ん……あぁっ！」

オレの蕾が柔《やわ》らかくなった瞬間《しゅんかん》に、彼の屹立が一気にググッと押し入ってくる。

「……ああ……深いよ……っ！」

とても深い場所にある感じやすい部分を、彼の先端が刺激《しげき》してくる。

「……ダメ……イッちゃうよ……っ！」

「なんてイケナイ身体なんだ、まだ動いてもいないのに……」

彼が苦笑《くしょう》して、とめどなく先走りの液を垂らす屹立を、キュウッと握りしめる。

「……ああーっ！」

身体に荒れ狂う快感に耐《た》え切れず、オレは西園の腕《うで》に爪《つめ》を立てる。

「……ダメ、オカシクなる……ああっ！」

西園が、ゆっくりとオレを奪い始める。

深く、浅く繰《く》り返される抽挿《ちゅうそう》。

それはだんだんと速く、そして強くなり……。

「あっ、ああっ、ああーっ！」

オレは涙を流しながら、身体を反り返らせ、彼の与えてくれる目の眩《くら》むような快感に翻弄《ほんろう》される。

身体の奥から湧《わ》き上がる快感が、屹立《きつりつ》でせき止められ、全身を甘い毒のように痺《しび》れさせる。

「ああっ、孝明、もうっ、もう……っ！」

「もうイキそう？」

甘い声で囁かれ、逞《たくま》しい腕に抱《だ》きしめられて、オレは我を忘れてうなずく。

「うん……うん……だから、お願い……っ！」

「解った。おまえが色っぽすぎて、俺ももう、限界だ」

耳元で響《ひび》く、彼の低い囁きは熱い欲望を含《ふく》んで、そして少しかすれていて……。

……ああ、彼もきっと、オレに感じてくれていて……。

オレを奪う彼の動きが、速く、そしてさらに獰猛《どうもう》になる。

ベッドが、彼の動きに合わせて激しく揺《ゆ》れる。

オレの鼻孔《びこう》を満たすのは、甘い甘いバラの香《かお》り。

「……ああっ、ああっ、愛してるよ、孝明ぃ！」

オレを握りしめていた彼の手が、ふいに離《はな》される。

「あっ、あああーっ！」

あまりの快感に、オレの目の前が真っ白になる。

オレの先端から、ドクン、ドクン、と驚《おどろ》くほどの量の白い蜜が迸《ほとばし》った。

「……ああーっ！」

激しく飛んだ欲望の蜜は、オレの胸と、そして顎《あご》までを熱く濡らす。

「……くうう、んんっ！」

彼を包み込んだオレの内壁《ないへき》が、快感に震えて彼をキュウッと締《し》め上げる。

「……ああ、愛している、亮介……」

彼はかすれた声で囁いて、オレの奥深い場所に、熱い欲望の蜜を迸らせてくれたんだ。

*

二人でグラースを訪ねたあの日から、半年後。

オレが企画《きかく》し、西園が調香《ちょうこう》を担当した『GRASSE』のシリーズは、大々的な広告戦略と共に、世界同時に発売されることが決まった。

柔らかな泡状のファンデーション、煌《きら》めくフィニッシングパウダー、淡《あわ》い色合いのアイシャドウ、そしてバラ色の口紅とゼリーのような質感を持つリップグロス。

美しいクリスタルの容器をデザインしたのは、西園の香水のフラコンをいつも担当している
ジョルジョ・ダニエリさん。ミルク色の半透明《はんとうめい》になった蓋《ふた》の内側には模様が入っていて、それ

はまるでクリスタルの中に、生のバラの花びらが埋《う》め込まれているように見える。

　高価な素材を使ったとても高級なそれらのメイクアップグッズには、どれも西園が調香した甘い桃《もも》のような芳《かんば》しいバラの香りが付けられている。

　試作品を試《ため》した時、古田さんはうっとりして「ものすごくロマンティック。この私ですら、今すぐに恋《こい》に堕《お》ちそうよ」と呟《つぶや》いた。

　その時の台詞《せりふ》からとった『今すぐに恋に堕ちる』が、この『GRASSE』シリーズのキャッチフレーズになった。

「はあ……いいCMになったね……」

　オレと西園は、『GRASSE』のシリーズのCMを、彼の家のベッドルームで見ていた。

　オレは手を伸《の》ばし、ベッドサイドテーブルに並んだ試作品の中から、リップグロスを手にとって、その蓋を開ける。

「うん、これなら絶対に売れるよ。あのグラースのバラ園と同じ香りがする」

　プルルルル！

　オレがうっとりと呟いた時、いきなり電話が鳴った。

「誰《だれ》からだろう？」

　電話を取ろうと伸ばした手を、西園の手がそっと握《にぎ》りしめる。

「こら、こんなロマンティックな夜に、電話なんか取るんじゃない」

西園がオレの身体《からだ》をそっと引き寄せる。

その逞しい身体に抱きしめられて、オレはもう抵抗《ていこう》できなくなる。

着信音が止まり、留守電のメッセージが流れ始めたのが聞こえる。

『ただいま電話に出られません。メッセージをどうぞ』

西園の無愛想なメッセージの後に聞こえたのは、

『ニシゾノ、どうせいるんだろう？』

「……あ……グランさんだ！」

オレが言って受話器を取ろうとすると、西園は眉《まゆ》を寄せてオレをさらに強く抱いて、

「それならますます取らせないよ。あの男はどうせあきらめてはいないだろうし」

『CMを見た。素晴《すば》らしいシリーズができたようじゃないか。おめでとう。発売を楽しみにしている』

グランさんが、社長らしい真面目《まじめ》な声で言う。それからふいに可笑《おか》しそうに、

『今頃《いまごろ》は、リョウスケと二人、ベッドでお祝いの真っ最中か？』

西園がいきなり手を伸ばし、受話器を取る。

「そのとおりだ。解っているならさっさと電話を切れ」

受話器に向かって言うと、ガシャンと電話を切ってしまう。

「こら。一応ライバル会社の社長だぞ？　もうちょっと愛想良くしても……」

オレが言うと、西園は肩《かた》をすくめて、

「そんなことより。……ここ一週間、ずっとお預けだったな」

「だって、発売前で、いろいろ忙《いそが》しくて……」

「今夜こそ許さないぞ」

彼は言って手を伸ばし、『Feu l'Amour』の瓶《びん》を持ち上げる。

彼が蓋を開き、その芳しい香りが部屋の中に広がる。

オレの鼓動《こどう》が、その香りを感じただけでいきなり速くなってしまう。

……ああ、どうしよう？　身体が、熱い……。

彼は、ほんの一滴《いってき》だけ香水を左手首に垂らし、それを右の手首で肌《はだ》に擦《こす》り付ける。

ふわ、と立ち上る、愛《いと》おしい彼の香り。

「愛している、亮介。二人が同じ香りになるまで愛し合おう」

オレを見つめるのは、モルト・ウイスキーのように深い色の、琥珀色《こはくいろ》の瞳《ひとみ》。

「うん……愛してる、西園……」

オレは囁《ささや》いて、彼のキスを受けるために、そっと目を閉じる。

そっと重なる唇《くちびる》。ふわりと漂《ただよ》う彼の香りに、全身が蕩《とろ》けてしまいそうになる。

だって、オレにとって彼のコロンは……甘く危険な、恋の香りだから。

あとがき

こんにちは、水上ルイです！　初めての方に初めまして！　水上の別のお話を読んでくださっている方に、いつもありがとうございます！

今回の『甘く危険な恋の香り』は、イジワルな天才調香師《ちょうこうし》と元気な化粧品《けしょうひん》会社の社員くんのお話。もともとは二〇〇二年の秋、今はない（涙）某《ぼう》雑誌に掲載《けいさい》されたものです。今回は当時の原稿《げんこう》に加え、その後の新作もたっぷり加えて収録してます！　なので「それ読んだことあるかも？」というあなたも安心してお買い求めください！（笑）　香水は大好きですし、調香にもとても興味があり、今回のネタは個人的にお気に入りだったもの。一冊の本にしていただけて大変嬉《うれ》しかったです。張り切って彼らのその後も書かせていただきました！　とても楽しく書いたお話です。あなたにも気に入っていただけると嬉しいです！　調香シリーズ第二弾《だん》出るかも？　という噂《うわさ》もあるので気に入ってくださった方はお手紙にてリクエストよろしく！（笑）

それではここで、各種お知らせコーナー！

★オリジナル同人誌サークル『水上ルイ企画室《きかくしつ》』をやってます。東京での夏・冬コミに新刊出してます。カタログで見つけたら遊びに来てね！

★最新情報は、PCで http://www1.odn.ne.jp/ruinet/menu.html へ。携帯《けいたい》メルマガ希望の方は http://www.mcomix.net/ へヨロシク（URLは二〇〇五年七月現在のものです）。

それではこのへんで、お世話になった方々に感謝の言葉を。

藤井咲耶先生。雑誌掲載時に引き続き、今回も素敵《すてき》なイラストを本当にありがとうございました！　セクシーな西園と、跳《は》ねっ返《かえ》りだけど美人な亮介にうっとりでした！　またお仕事をご一緒《いっしょ》できてとても嬉しかったです！　これからもよろしくお願いできれば幸いです！

TARO。『ニャホニャホタマタロー』の歌を一度聴《き》いてみてくれよ〜（笑える・笑）。

雑誌掲載時にお世話になりました椿さん、小説ラキア編集部の皆様《みなさま》。文庫化を快くご承諾《しょうだく》くださってありがとうございました！　また何かの機会によろしくお願いできれば幸いです！

そして今回のお話を文庫化してくださった角川書店の担当の相澤さん、ルビー文庫編集部の皆様。拾ってくださってありがとうございます〜！　そして今回も大変お世話になりました！

そしてこれからもよろしくお願いできれば嬉しいです！

最後になりましたが、この本を読んでくれたあなたへ。どうもありがとうございました！

これからも水上はがんばりますので、応援《おうえん》していただけると嬉しいです！

二〇〇五年　七月

水上ルイ

初出
甘く危険な恋の香り　「小説LAQiA」2002秋号
（株）ハイランド刊
甘く危険な恋の香り第二話　書き下ろし

甘《あま》く危険《きけん》な恋《こい》の香《かお》り
水上《みなかみ》ルイ

KADOKAWA RUBY BUNKO

角川ルビー文庫 R92-7　13856

平成17年7月1日　初版発行

発行者——井上伸一郎
発行所——株式会社角川書店
東京都千代田区富士見2-13-3
電話/編集(03)3238-8697
営業(03)3238-8521
〒102-8177 振替00130-9-195208
印刷所——旭印刷　製本所——コオトブックライン
装幀者——鈴木洋介

ISBN4-04-448607-7　C0193　定価はカバーに明記してあります。

KADOKAWA RUBY BUNKO

角川ルビー文庫

いつも「ルビー文庫」を
ご愛読いただきありがとうございます。
今回の作品はいかがでしたか？
ぜひ、ご感想をお寄せください。

〈ファンレターのあて先〉

〒102-8177 東京都千代田区富士見2-13-3
角川書店 アニメ・コミック編集部気付
「水上ルイ先生」係

ロマンティックな恋愛契約
次に守らなければお仕置きだ。
——覚えておきなさい。
水上ルイ
イラスト／こうじま奈月
両親を亡くし、たった一人の弟を守るため、陽汰は私立高校の学園長・真堂とある契約をすることになって!?

ルビー文庫

水上ルイ
Rui Minakami
イラスト／こうじま奈月
そんな顔をされたら、もっと苛めたくなるな…。
エキゾティックな恋愛契約
恋人のジャンニに、突然モロッコへと連れ去られた幸次。そこでザイド財閥の次期総帥アシュラフに見初められてしまって…!?
すれ違いから始まる――シンデレラ・ラブロマンス☆

ルビー文庫